商務

學生
聯想詞典

U0132473

商務印書館

商務學生聯想詞典

編　　著：商務印書館編輯部

責任編輯：毛永波

封面設計：涂　慧

出　　版：商務印書館 (香港) 有限公司

香港筲箕灣耀興道 3 號東匯廣場 8 樓

hppt://www.commercialpress.com.hk

發　　行：香港聯合書刊物流有限公司

香港新界荃灣德士古道 220-248 號荃灣工業中心 16 樓

印　　刷：中華商務彩色印刷有限公司

香港新界大埔汀麗路 36 號中華商務印刷大廈 14 字樓

版　　次：2020 年 11 月第 1 版第 2 次印刷

© 2016 商務印書館 (香港) 有限公司

ISBN 978 962 07 0486 4

Printed in Hong Kong

版權所有　不得翻印

出版説明

遇到不懂的字詞，查詞典可以釋疑解惑；心裏有個想法，查詞典是不是也可以找到合適的詞語呢？本書試圖把釋疑解惑和詞語表達這兩個功能結合在一起，起到輔助中文學習和寫作的作用。

不同於一般的詞典，本書最顯著不同的地方是，詞語按意義分類組合，先把詞語分自然、人物和事物三大類，再細分小類，類別之下是一組組意思關聯的詞語，接着針對重點詞語進行解釋。這種編排以意義貫穿詞語，讀者通過聯想舉一反三學習詞彙，比如心裏要表達"熱情"的意思，本書可幫助找到從"熱心"到"古道熱腸"近二十個相關詞語。

本書以學生為主要對象，共收錄 5,000 條詞語，涵蓋面廣泛，包含常用的詞語和成語。

使用這本書，有幾個好處，一是學習中文更加自然，通過自由聯想，就可以找到適合表情達意的詞。二是使用詞語更加準確，通過一組詞語比較，容易選擇恰當的字眼。三是擴大詞彙量，版面直觀，每一頁代表一個類別，可為寫作文提供有效幫助。

商務印書館編輯出版部

本書使用說明

主題小類，可經"主題檢索表"查檢

有釋義的詞語

相關聯詞語

長久

歷來　長久　經久　悠久　漫長
永久　永恆　永遠　度日如年
一日三秋　天長地久　來日方長
遙遙無期　年復一年　千秋萬代
長年累月　年深日久　曠日持久
經久不衰　滄海桑田　地老天荒

時間

經久：形容歷時長久或耐用。
悠久：長久；久遠。
一日三秋：一天沒有見面，就像隔了三年一樣。形容思念之情深厚迫切。
千秋萬代：一千年，一萬代，指世世代代，年代長久。
曠日持久：曠，拖延得太久。指耗費時日。
滄海桑田：大海變成桑田，桑田變成大海。比喻世事變化很大。

主題大類索引

標有顏色詞語可經"詞語聯想檢索表"查檢

重點詞語釋義

目　錄

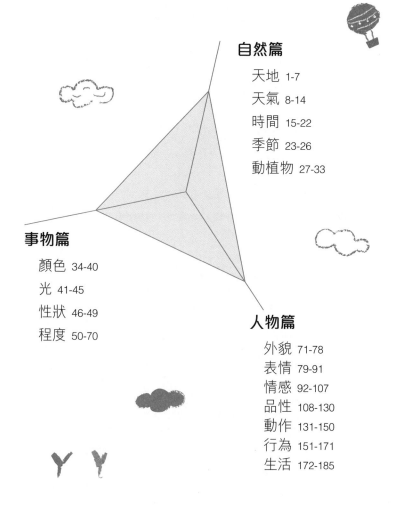

主題檢索表

本書每頁設一個主題，檢索表中的數字既表示主題分類，也表示主題所在頁碼。

自然篇

事物篇

人物篇

外貌　71 性別　72 容貌　73 美女　74 俊男　75 神態　76 體態
77 裝扮　78 年齡

表情　79 笑　　80 哭　　81 嚴肅　82 平靜　83 驚訝　84 得意
85 沮喪　86 難堪　87 兇惡　88 專注　89 害怕　90 恍惚
91 害羞

情感　92 喜　　93 怒　　94 悲傷　95 憂愁　96 同情
97 激動　98 鎮定　99 煩躁　100 喜歡　101 仇恨
102 慚愧　103 後悔　104 蔑視　105 思念
106 仰慕　107 厭惡

品性　108 誠實　109 虛偽　110 勤勞　111 懶惰　112 謙虛
113 驕傲　114 聰明　115 愚蠢　116 穩重　117 冒失
118 勇敢　119 懦弱　120 堅強　121 慷慨　122 吝嗇
123 幽默　124 熱情　125 冷漠　126 正直　127 圓滑
128 諂媚　129 殘暴　130 寬容

動作　131 眼　132 看　133 見　134 視　135 觀　136 望　137 覽
138 睹　139 顧　140 眺　141 窺　142 嘴　143 說　144 罵
145 唱　146 吃　147 鼻子聞　148 耳朵聽
149 手的動作　150 腿腳的動作

行為　151 讚揚　152 批評　153 幫助　154 嘲笑　155 鼓勵
156 模仿　157 支持　158 反對　159 議論　160 決定
161 解釋　162 沉默　163 等候　164 尋找　165 理解
166 承認　167 否認　168 約請　169 拒絕　170 承諾
171 欺騙

生活　172 家庭　173 親情　174 居住　175 學校　176 交友
177 飲食　178 旅行　179 運動　180 遊玩　181 購物
182 交通工具　183 上學去　184 在工作　185 節慶

詞語聯想檢索表

本書每個主題包含若干詞語，詞語意義相關聯。本表提供有釋義的詞語檢索，可藉此聯想檢索相關的其他詞語。

天空

青天　天上　天宇　九天　天幕
上蒼　蒼天　碧空　碧落　長空
雲天　雲霄　星空　晴空　天邊
天際　海闊天空　天朗氣清
九霄雲外　天圓地方
天高雲淡　坐井觀天
雞犬升天

青天：藍色的天空。也用來比喻清官，比如包青天。
碧空：晴天時淺藍色的天空。
天際：天邊；眼睛能看到的天地相接的地方。
海闊天空：形容大自然寬廣遼闊，也用來形容無拘無束或
　　　　　漫無邊際。
九霄雲外：九霄，天的極高處。形容極高極遠的地方。

太陽

旭日　朝日　紅日　烈日　赤日

朝陽　落日　驕陽　夕陽　殘陽

斜陽　青天白日　光天化日

日上三竿　日高三丈　赤日炎炎

烈日炎炎　如日中天　旭日東升

遮天蔽日

朝日：早晨的太陽。
驕陽：強烈灼熱的陽光。
青天白日：指天氣晴好。
光天化日：原形容太平盛世。後比喻大庭廣眾的環境。
日上三竿：指太陽升起有三根竹竿那樣高。形容太陽升得
　　　　　很高，時間不早了。

月亮

皓月　月暈　殘月　滿月　圓月

新月　秋月　嫦娥　玉兔　桂樹

明月　月夜　月光　月色

風花雪月　花朝月夕　鏡花水月

水中撈月　花前月下　皓月當空

月明如鏡　清風明月　風清月朗

曉風殘月

皓月：潔白明亮的月亮。

新月：農曆月初出現的彎形月亮。

嫦娥：中國神話中住在月宮裏，與玉兔、桂樹為伴的仙女。

風花雪月：原指四時的自然景物。後多指描寫閒情逸致、
　　　　　　兒女私情的詩文。

曉風殘月：拂曉風起，殘月將落。常形容冷落淒涼的意境。

星辰

銀河 銀漢 繁星 星光 星雲

星斗 星系 太陽系 銀河系

星座 星宿 行星 恆星 衛星

星辰 彗星 星漢 月明星稀

眾星拱月 牛郎織女 星羅棋佈

滿天星斗 斗轉星移 寥若晨星

銀河：晴天夜晚，天空呈現的銀白色的光帶。銀河由大量
　　　恆星構成。
星雲：太陽系以外銀河系以內像雲霧的氣體和塵埃狀物
　　　質。
星宿：中國古代指星座，共分二十八宿。
牛郎織女：牛郎星和織女星，隔銀河相對。中國古代神話
　　　中，天上的織女與凡間的牛郎結為夫婦，被天
　　　帝用銀河分開，每年農曆七月七日相會一次。
　　　後也用來比喻分居兩地的夫妻。
星羅棋佈：似繁星羅列，像棋子分佈。形容數量多、分佈
　　　廣。

大地

土地　田地　田野　原野　草原

高原　平原　荒漠　沙漠　綠洲

陸地　地面　地下　地形　地勢

地貌　彈丸之地　肥田沃土

膏腴之地　不毛之地　天南地北

一望無際　地大物博　地廣人稀

綠洲：沙漠中有水、草的地方。
地貌：地球表層各種形態的總稱。
彈丸之地：彈丸，彈弓所用的鐵丸或泥丸。彈丸那麼大的
　　　　　地方。形容地方非常狹小。
膏腴之地：肥美的土地。
不毛之地：毛，指草木。形容荒涼貧瘠的土地。

山脈

山脈　山巒　山嶺　山嶽　山峰

主峰　高峰　頂峰　山頂　山巔

山腰　山腳　山麓　山陵　山丘

丘陵　山崗　雪山　火山　冰山

深山　山谷　山澗　高聳　高峻

陡峭　連綿　蜿蜒　巍峨　懸崖峭壁

三山五嶽　崇山峻嶺　層巒疊嶂

千山萬壑　連綿不絕　奇峰怪石

怪石嶙峋

山巒：連綿的山峰。
山嶽：高大的山。
山麓：山腳。
三山五嶽：泛指名山或各地。三山指黃山、廬山、雁蕩
　　　　　　山；五嶽指泰山、華山、衡山、嵩山、恆山。
層巒疊嶂：重疊險峻的山峰高高低低，連綿不斷。

水流

泉水　河水　河流　江水　活水
死水　地下水　瀑布　漩渦　上游
中游　下游　幹流　支流　水源　河源
源頭　源泉　發源地　長江　黃河
海洋　海灣　海浪　內海　公海　領海
海島　半島　一潭死水　潺潺流水
一碧萬頃　風平浪靜　驚濤駭浪
波濤洶湧　洶湧澎湃　源遠流長
大江東去　乘風破浪　波瀾壯闊

地下水：儲存於地面以下土壤、岩石空隙中的水。

漩渦：水流遇低窪處所激成的螺旋形水渦。

公海：各國都可以自主航行、利用，不受任何國家權利支配的海域。

半島：三面被水圍着的陸地。

潺潺：形容水流動的樣子或聲音。

晴

天氣

晴天　晴朗　響晴　晚晴　晴好
晴暖　萬里無雲　青天白日
晴空萬里　雨過天晴　天朗氣清
艷陽高照　風和日麗　碧空如洗
碧海青天

響晴：形容天氣晴朗無雲。
晚晴：傍晚雨後初晴。
天朗氣清：形容天空晴朗，空氣清新。
風和日麗：和風習習，陽光燦爛。形容晴朗暖和的天氣。
碧空如洗：藍色的天空明淨得像洗過一樣。形容天氣晴
　　　　　朗。

陰

陰天　陰霾　陰暗　陰沉沉
灰濛濛　陰雲籠罩　烏雲密佈
陰雨濛濛　昏天黑地　濃雲密佈
遮天蔽日

陰霾：天氣陰晦、昏暗。
灰濛濛：形容天氣灰暗。
烏雲密佈：滿天都是烏雲。表示快要下雨了。

天氣

雨

小雨　中雨　大雨　暴雨　陰雨

雷陣雨　細雨　急雨　驟雨　雨珠

雨絲　山雨　（黃）梅雨　雨量　雨季

甘雨　甘霖　及時雨　毛毛雨

傾盆大雨　滂沱大雨　瓢潑大雨

大雨如注　疾風暴雨　暴風驟雨

狂風驟雨　和風細雨　斜風細雨

風風雨雨　風吹雨打　風雨交加

風雨如晦　櫛風沐雨　淒風苦雨

風雨同舟　風雨無阻

（黃）梅雨：每年 6 月中下旬至 7 月上半月之間持續陰天
　　　　有雨的氣候現象，此時段正是江南梅子的成熟
　　　　期，故稱“梅雨”。

甘霖：指久旱後下的雨。

風雨如晦：白天颳風下雨，天色暗得像黑夜一樣。也用於
　　　　形容政治黑暗，社會不安。

櫛風沐雨：櫛，梳頭髮；沐，洗頭髮。風梳髮，雨洗頭。
　　　　形容人經常在外面不顧風雨地辛苦奔波。

風雨同舟：在狂風暴雨中同乘一條船，一起與風雨搏鬥。
　　　　比喻共同經歷患難。

雪

風雪　雨雪　霜雪　冰雪　初雪

暴風雪　雪花　雪景　雪山　雪峰

滑雪　風雪交加　大雪紛飛

鵝毛大雪　漫天大雪　紛紛揚揚

冰天雪地　頂風冒雪　雪中送炭

雪上加霜　風花雪月　瑞雪兆豐年

鵝毛大雪：像鵝毛一樣的雪花。形容雪下得大而猛。

雪中送炭：在下雪天給人送炭取暖。比喻在別人急需時給
　　　　　以物質上或精神上的幫助。

雪上加霜：在雪上還加上了一層霜。比喻接連遭受災難，
　　　　　損害愈加嚴重。

風花雪月：原指四時的自然景物。後比喻堆砌詞藻、內容
　　　　　空洞的詩文。也指愛情。

瑞雪兆豐年：適時的冬雪預示着來年是豐收之年。

霧

天氣

大霧　薄霧　輕霧　濃霧　霧靄

霧凇　煙霧　迷霧　晨霧　雲霧

彌天大霧　雲霧繚繞　霧裏看花

騰雲駕霧　愁雲慘霧

霧靄：霧氣。

霧凇：寒冷天，霧凝聚在樹木的枝葉上或電線上而成的白
　　　　色鬆散冰晶。通稱樹掛。

騰雲駕霧：傳說中指利用法術乘雲霧飛行。後形容速度快
　　　　　　或頭腦迷糊而產生的輕飄飄的感覺。

愁雲慘霧：形容使人感到愁悶淒慘的景象或氣氛。

雲

白雲　彩雲　彤雲　濃雲　烏雲

陰雲　浮雲　祥雲　雲彩　雲朵

雲端　雲海　雲煙　雲霧

陰雲密佈　彤雲密佈　密雲不雨

朝雲暮雨　風起雲湧　撥雲見日

煙消雲散　雲蒸霞蔚　風雲變幻

彤雲：紅色的雲。

浮雲：飄動的雲。比喻飄忽不定或轉瞬即逝的事。

朝雲暮雨：早上是雲，晚上是雨。用以比喻男女的歡會。

雲蒸霞蔚：像雲霞升騰聚集起來。形容景物燦爛絢麗。

風

天氣

北風　朔風　東風　西風　南風　季風

寒風　暴風　春風　海風　颶風　狂風

清風　秋風　旋風　龍捲風　風暴

順風　風浪　風霜　風沙　風化

惠風和暢　和風習習　風捲殘雲

寒風凜冽　風刀霜劍　陰風怒號

春風拂面　春風得意　春風滿面

風餐露宿　風塵僕僕　風馳電掣

見風使舵　捕風捉影　興風作浪

叱吒風雲　一帆風順　樹大招風

兩袖清風

朔風：冬天的風，也指寒風。

季風：隨季節而改變風向的風，主要有海洋和陸地之間溫
　　　度差異造成。

颶風：風力等於或大於 12 級的風，破壞力極大。

和風習習：溫和的風輕輕地吹。

風馳電掣：形容非常迅速，像風吹電閃一樣。

叱吒風雲：一聲呼喊、怒喝，可以使風雲翻騰起來。形容
　　　　　威力極大。

年

年代　年度　年份　年底　年關　年景
年華　年紀　年齡　年曆　年譜　年時
年月　年終　光年　紀年　比年　今年
來年　歷年　連年　流年　每年　明年
末年　去年　閏年　上年　往年　常年
享年　學年　元年　早年　終年　周年
當年　百年不遇　三年五載　一年半載
十年寒窗　十年樹木，百年樹人

年關：指農曆年底。舊時欠租、負債的人必須在這時清償
　　　債務，過年像過關一樣，所以稱為年關。
光年：天文學上量度天體距離的單位，光在一年內走過的
　　　距離為一光年，約等於 9.46 萬億公里。
流年：如水般流逝的光陰、年華。
閏年：為了調整曆法與地球公轉的差距，陽曆規定每四年
　　　在二月份增加一天，陰曆規定每三年增加一個月，
　　　即"閏"。陽曆有閏日或陰曆有閏月的年份叫"閏年"。
元年：古代帝王即位或改號後的第一年。現指紀年的第一
　　　年。
十年寒窗：形容常年刻苦攻讀。

月

月初　月底　月度　月份　月刊
月曆　滿月　蜜月　年月　閏月
歲月　元月　臘月　正月
蹉跎歲月　日新月異
日積月累　六月飛霜

閏月：陰曆約三年一閏，每逢閏年加的一個月叫做"閏
　　　月"。
臘月：指農曆十二月。
蹉跎歲月：虛度光陰。
六月飛霜：舊時比喻有冤獄。

今日　今天　即日　當日　當天

昨日　昨天　前日　前天　明日

明天　朔日　望日　次日　翌日

明朝　後日　後天　日常　日記

日程　日期　日子　平日　值日

生日　日復一日　夜以繼日

一日千里　日理萬機　日夜兼程

明日黃花　蒸蒸日上

路遙知馬力，日久見人心

時
間

朔日：農曆的每月初一。

望日：農曆的月半，即十五日。

夜以繼日：晚上連着白天。形容加緊工作或學習。

日理萬機：一天要處理成千上萬的事務。形容政務或工作
　　　　　非常繁忙。

明日黃花：原指重陽節過後逐漸萎謝的菊花。後多比喻過
　　　　　時的事物或消息。

時

時分 時辰 時刻 日子 光陰
光景 凌晨 清晨 清早 早晨
晨早 早上 大清早 黎明 拂曉
破曉 上午 中午 正午 午間
下午 黃昏 傍晚 晚上 深夜
午夜 子夜 時時刻刻 一朝一夕
朝夕相處 三更半夜 光陰荏苒
春宵一刻 一刻千金 時不我待

時間

時辰：中國古代的計時單位。把一晝夜分成十二段，每段
　　　為一個時辰，分別依次以：子、丑、寅、卯、辰、
　　　巳、午、未、申、酉、戌、亥表示。
光陰：指時間。
拂曉：天快亮的時候。
光陰荏苒：形容時間一點一點地流逝。
春宵一刻：形容歡娛難忘的美好時刻。

短暫

片刻　轉眼　剎那　短暫　短促
暫時　瞬間　一瞬　霎時　須臾
轉眼間　眨眼間　頃刻間　一瞬間
一剎那　一眨眼　彈指間
白駒過隙　歲月如梭　光陰似箭
曇花一現　彈指之間　轉瞬之間
稍縱即逝　轉瞬即逝　一時半刻
似水流年

時間

須臾：形容極短的時間，片刻。
彈指間：彈動一下手指。比喻時間極短暫。
白駒過隙：時間流逝，就像白馬在縫隙前飛快地一閃而
　　　　　過。形容時間過得極快。
稍縱即逝：稍微一放鬆就消失了。形容機遇、時間或靈感
　　　　　等很容易消失。
似水流年：流年，光陰。形容時間一去不復返。

長久

歷來 長久 經久 悠久 漫長
永久 永恆 永遠 度日如年
一日三秋 天長地久 來日方長
遙遙無期 年復一年 千秋萬代
長年累月 年深日久 曠日持久
經久不衰 滄海桑田 地老天荒

經久：形容歷時長久或耐用。
悠久：長久；久遠。
一日三秋：一天沒有見面，就像隔了三年一樣。形容思念
　　　　　之情深厚迫切。
千秋萬代：一千年，一萬代，指世世代代，年代長久。
曠日持久：曠，拖延得太久。指耗費時日。
滄海桑田：大海變成桑田，桑田變成大海。比喻世事變化
　　　　　很大。

時代

古代 古時 遠古 中古 上古
近古 古昔 近代 現代 當代
當今 當下 時下 古今中外
古往今來 古為今用 厚古薄今
千古絕唱 互古不變 千古流芳

上古：較早的古代或史前時代。
古為今用：吸收古代的優點，揚棄缺點，以使現代更進步。
厚古薄今：推崇古代的，輕視現代的。多指學術研究。
千古絕唱：指從來少有的絕妙佳作。
互古不變：從古至今永遠也不會改變。
千古流芳：好名聲永遠流傳。

前後

時
間

過去　從前　以前　先前　初時

最初　曾經　近來　現在　將來

未來　當時　準時　剛才　方才

剛剛　逾期　過期　延時　延期

以往　昔日　昔時　以後　日後

今後　此後　過後　後來　他日

來日　最後　時過境遷　曾幾何時

一如既往　既往不咎　來日方長

前不見古人，後不見來者

昔日：以前，往日。

來日：將來的日子，未來。

時過境遷：隨着時間的推移，情況發生變化。

曾幾何時：曾，曾經；幾何，若干、多少。指時間沒過多
　　　　　久。

一如既往：指態度沒有變化，完全像從前一樣。

既往不咎：對過去所犯的錯誤不再追究、責問。

來日方長：將來的日子還很長。表示事有可為或還有機
　　　　　會。

春／溫暖

春天　春日　早春　新春　初春
春末　晚春　暮春　陽春　暖春
春色　春景　春光　春風　春雨
春宵　暖烘烘　暖洋洋　四季如春
春回大地　春去秋來　春意盎然
春光明媚　春色滿園　雨後春筍
春滿人間　春風送暖　春暖花開

季節

早春：初春。
暮春：春天的最後一段時間。
陽春：和暖的春天。
雨後春筍：春天的雨後，竹筍長得又多又快。比喻大量出
　　　　　現，蓬勃發展。
春意盎然：春天的意味正濃。

夏 / 炎熱

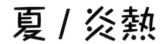

夏季 夏令 仲夏 初夏 暮夏
盛夏 炎夏 炎暑 盛暑 酷暑
三伏天 火熱 炎熱 悶熱
暑熱 酷熱 冬溫夏清 赤日炎炎
驕陽似火 流金鑠石

季節

仲夏：夏天的第二個月。
三伏天：夏季氣溫最高，且又潮濕、悶熱的一段日子。
冬溫夏清：冬天使父母溫暖，夏天使父母涼爽。本指人子
　　　　　孝道。現亦泛稱冬暖夏涼。
流金鑠石：形容天氣酷熱，好像金石都要熔化。

秋／涼爽

秋天　秋日　早秋　新秋　初秋
秋末　晚秋　深秋　金秋　秋色
秋景　秋光　秋月　秋風　秋霜
秋夜　秋收　涼快　涼爽　涼絲絲
涼颼颼　秋高氣爽　秋風瑟瑟
春華秋實　春花秋月　望穿秋水
一葉知秋

季節

新秋：初秋。
金秋：秋季。
秋高氣爽：形容秋季晴空萬里，天氣清爽。
秋風瑟瑟：秋風吹樹木的聲音；也形容悲涼的秋景。
望穿秋水：秋水，比喻人的眼睛。眼睛都望穿了。形容對
　　　　　遠地親友的殷切盼望。

冬 / 寒冷

冬季　冬天　冬日　冬令　仲冬
嚴冬　寒冬　暖冬　殘冬　晚冬
隆冬　數九　立冬　冬至　冬眠
嚴寒　酷寒　寒冷　苦寒
寒冬臘月　秋收冬藏　數九寒冬
滴水成冰　天寒地凍　冰天雪地
寒風凜冽

季節

冬令：冬季的氣候。

隆冬：冬天最冷的一段時期。

數九：指冬至後開始的九個九天，是一年中最寒冷的時
　　　節，也指進入這個時節。

冬至：中國農曆中一個重要的節氣，時間為 12 月 21 日、
　　　22 日或 23 日。

寒冬臘月：臘月，農曆十二月。指冬季最寒冷的臘月天。

花

花朵　花苞　花粉　花瓣　花卉　花魁
梅花　蘭花　菊花　荷花　含苞待放
百花齊放　姹紫嫣紅　爭奇鬥艷
花紅柳綠　奇花異草　萬紫千紅
繁花似錦　殘花敗柳　李白桃紅
桃李爭妍　春蘭秋菊　芝蘭玉樹
蘭桂齊芳　桂子飄香　明日黃花

動植物

花魁：百花的魁首。也喻指絕色佳人。
姹紫嫣紅：形容各色的美麗花朵爭相鬥妍。
李白桃紅：桃花紅，李花白。指春天美好宜人的景色。
芝蘭玉樹：靈芝和寶樹。比喻德才兼備、有出息的子弟。
蘭桂齊芳：蘭桂，芝蘭和丹桂，指代子孫一輩。指兒孫同
　　　　　時顯貴發達。

草

草木　草本　草根　草帽　草叢

草芥　草莽　草藥　糧草

一草一木　人非草木　風吹草動

斬草除根　寸草不生　草長鶯飛

寸草春暉　香草美人　疾風勁草

草莽英雄　拈花惹草　依草附木

蔓草難除

動植物

草本：莖部為草質的植物。
草莽：叢生的雜草。
草長鶯飛：青草茂密，黃鸝飛舞。形容江南春色美麗動人。
香草美人：指忠貞賢良之士。
拈花惹草：比喻到處留情。

樹

樹木 樹梢 樹蔭 樹林 樹幹
樹根 樹葉 樹大根深 欣欣向榮
柔枝嫩葉 鬱鬱葱葱 蒼松翠柏
枝繁葉茂 綠葉成陰 蒼翠欲滴
茂林修竹 青梅竹馬 胸有成竹
水木清華 朽木不雕 一木難支
良禽擇木 枯木逢春 柳暗花明
柳巷花街

動植物

蒼翠欲滴：翠綠的顏色像要滴下來。形容草木茂盛。
茂林修竹：茂密高大的竹林。
青梅竹馬：竹馬，兒童以竹竿當馬騎。形容男女兒童之間
　　　　　兩小無猜的情狀。
胸有成竹：動筆之前腦子裏先有竹子的完整形象。比喻做
　　　　　事情動手之前心裏已有主意。
柳暗花明：柳樹成蔭，繁花似錦的春天景象。比喻在困難
　　　　　中遇到轉機。

禽鳥

飛禽走獸　鳥語花香　百鳥朝鳳
驚弓之鳥　一石二鳥　雞飛狗跳
雞犬不寧　雞飛蛋打　殺雞取卵
殺雞儆猴　鶴立雞群　偷雞摸狗
雞犬相聞　千里鵝毛　鴻鵠之志
翩若驚鴻　鴻雁傳書　雁過留聲
哀鴻遍野　鶯歌燕舞　勞燕分飛

動植物

飛禽走獸：飛翔的禽鳥，奔跑的野獸。泛指鳥類和獸類。
鳥語花香：鳥叫得好聽，花開得芳香。形容春天的美好景
　　　　　象。
千里鵝毛：比喻情深義重的微小禮品。
鴻鵠之志：鴻鵠，天鵝。比喻志向遠大的人。
哀鴻遍野：哀鴻，哀鳴的大雁。比喻到處都是呻吟呼號、
　　　　　流離失所的災民。

家畜

老牛破車　老牛舐犢　氣喘如牛
對牛彈琴　多如牛毛　牛毛細雨
順手牽羊　羊頭狗肉　羊落虎口
萬馬奔騰　脫韁之馬　快馬加鞭
萬馬齊喑　馬不停蹄　鞍馬勞頓
走馬上任　單槍匹馬　金戈鐵馬
懸崖勒馬　盲人瞎馬　犬馬之勞
老馬識途　馬到成功　卸磨殺驢
黔驢技窮　豬狗不如　犬牙交錯
狗眼看人　狗顛屁股　喪家之犬
狗仗人勢　狗急跳牆　兔死狐悲
狡兔三窟　兔死狗烹　動如脫兔

動植物

羊頭狗肉：掛羊頭賣狗肉。指裏外不一，明一套暗一套。
萬馬齊喑：所有的馬都沉寂無聲。形容人沉默不講話。
盲人瞎馬：失明的人騎着瞎了眼的馬。比喻處於極端危險
　　　　　的境況中。
黔驢技窮：黔，今貴州。比喻有限的一點本領也已經用完。
狗顛屁股：狗在主人面前搖尾乞憐。形容對人逢迎獻媚的
　　　　　醜態。
兔死狗烹：指狡猾的兔子死了，獵狗就沒用了。也泛指人
　　　　　在用完一個人後立刻拋棄他。

走獸

狐朋狗友　狐假虎威　如狼似虎
狼吞虎嚥　引狼入室　狼子野心
狼狽為奸　虎頭虎腦　兩虎相爭
如虎添翼　虎口拔牙　放虎歸山
養虎遺患　虎落平陽　虎頭蛇尾
虎視眈眈　調虎離山　為虎作倀
與虎謀皮　虎嘯龍吟　熊心豹膽
　　　　　河東獅吼

動植物

狐假虎威：假，借。狐狸假借老虎的威勢。比喻依仗別人
　　　　　的勢力欺壓人。

狼狽為奸：狼和狽常一起出外傷害牲畜。比喻壞人互相勾
　　　　　結一起幹壞事。

虎落平陽：老虎離開深山，落在平地裏。比喻有權有勢者
　　　　　或有實力者失去了自己的權勢或優勢。

為虎作倀：倀，倀鬼，古時傳說被老虎吃掉的人，死後變
　　　　　成倀鬼，專門引誘人來給老虎吃。比喻充當惡
　　　　　人的幫兇。

河東獅吼：河東，古郡名。比喻嫉妒心強、剽悍的妻子發
　　　　　怒，對丈夫大吵大鬧。

游魚

如魚得水　魚水之歡　殃及池魚
釜中之魚　緣木求魚　臨淵羨魚
混水摸魚　涸轍之魚　魚米之鄉
魚目混珠　漏網之魚　魚死網破
魚龍混雜　葬身魚腹　水清無魚
鳶飛魚躍

釜中之魚：在鍋裏游着的魚。比喻不能久活。
緣木求魚：爬到樹上去找魚。比喻方向或辦法不對，不可
　　　　　能達到目標。
臨淵羨魚：站在水邊想得到魚。比喻只有願望而沒有措
　　　　　施，對事情毫無好處。
魚龍混雜：比喻壞人和好人混在一起。
鳶飛魚躍：鳶，老鷹。鷹在天空飛翔，魚在水中騰躍。形
　　　　　容萬物各得其所。

顏色

白色

白淨　白皙　潔白　斑白　雪白

慘白　蒼白　煞白　銀白　乳白

花白　清白　白花花　白茫茫

白皚皚　白晃晃　白衣卿相

白璧無瑕　潔白無瑕　青紅皂白

蒼白無力　唇紅齒白　白面書生

白頭到老　銀裝素裹

斑白：頭髮花白。常用來形容年老兩鬢斑白。

白皚皚：形容非常潔白。

白衣卿相：古時指進士。白衣：古代平民穿白布衣，因指
　　　　　沒有取得功名的人。

白璧無瑕：沒有斑痕的白玉。比喻十全十美，無可挑剔。

銀裝素裹：形容雪後的美麗景色，一切景物都被銀白色包
　　　　　裹。

黑色

漆黑　烏黑　黝黑　墨黑　黛黑

黑乎乎　黑油油　黑黝黝　黑漆漆

黑不溜秋　顛倒黑白　黑白分明

近朱者赤，近墨者黑

漆黑：形容非常黑或黑暗的。

黛黑：描上青黑色的眼眉。

黑黝黝：光線昏暗，看不清楚。

近朱者赤，近墨者黑：靠着朱砂的變紅，靠着墨的變黑。
　　　　　　比喻接近好人可以使人變好，接近壞人可以使人
　　　　　　變壞。指客觀環境對人有很大影響。

顏色

綠色

碧綠　墨綠　深綠　濃綠　暗綠

青綠　淺綠　淡綠　嫩綠　鮮綠

草綠　葱綠　綠油油　綠瑩瑩

綠茸茸　綠茵茵　綠葱葱

綠草如茵　綠水青山　綠樹成蔭

桃紅柳綠　燈紅酒綠

碧綠：青綠色。
墨綠：深綠色。
青綠：深綠色。
嫩綠：像剛長出的嫩葉的淺綠色。
綠草如茵：綠油油的草好像地上鋪的褥子。形容草十分茂
　　　　　盛。
桃紅柳綠：桃花紅，柳枝綠。形容花木繁盛、色彩鮮艷的
　　　　　春景。

藍色

蔚藍　天藍　湛藍　深藍　淺藍
藏藍　靛藍　藍瑩瑩　藍晶晶
青出於藍而勝於藍

蔚藍：類似晴朗天空的顏色的一種藍色。
湛藍：深藍色。
藏藍：一種很深的藍色，藍裏略帶點紅。
靛藍：深藍色；深藍色有機染料。
青出於藍而勝於藍：青是從藍草裏提煉出來的，但顏色比
　　　　　　藍更深。比喻學生超過老師或後人勝過前人。

紅色

淺紅　淡紅　嫩紅　鮮紅　血紅
殷紅　通紅　猩紅　粉紅　朱紅
桃紅　火紅　紅撲撲　紅彤彤
紅艷艷　紅通通　姹紫嫣紅

鮮紅：鮮艷的紅色。
殷紅：發黑的紅色。
猩紅：像猩猩血那樣鮮紅的顏色，介乎紅色和橙色之間。
朱紅：用朱砂研製出的鮮紅色。
桃紅：桃花的顏色，比粉紅略鮮潤的顏色。
紅撲撲：臉色通紅的樣子。
紅彤彤：亮麗鮮艷的紅色。

黃色

金黃　橙黃　土黃　枯黃　焦黃

蠟黃　黃澄澄　黃燦燦　黃乎乎

金燦燦　金晃晃　橙黃橘綠

金黃：像金子一樣鮮亮的黃色。
枯黃：乾枯焦黃。
蠟黃：像蠟一樣的黃色。
黃澄澄：形容金黃色。
金燦燦：金光耀眼。
橙黃橘綠：橙子將要變黃，橘子還沒褪綠。指秋季。

顏色

五顏六色　五彩繽紛　五光十色
萬紫千紅　絢麗多彩　色彩斑斕
花花綠綠　流光溢彩

五彩繽紛：顏色繁多，色彩絢麗。
五光十色：形容色澤鮮艷，花樣繁多。
絢麗多彩：色彩豐富華麗。
色彩斑斕：形容顏色燦爛多彩。
流光溢彩：流動的光影，滿溢的色彩。形容光芒耀眼，色
　　　　　彩明亮。

自然光

日光　太陽光　月光　星光　火光
晨光　曙光　霞光　極光　電光
光照　光環　光波　光合作用
鑿壁借光　星光熠熠　日月無光
霞光萬丈　暗淡無光　湖光山色
波光粼粼

曙光：指破曉時的陽光。
霞光：日光照射在雲霞上所反映出來的光彩。
極光：多出現於地球南北極及附近上空一種絢麗多彩的發
　　　光現象。
光合作用：綠色植物的細胞在可見光的照射下，將二氧化
　　　　　碳和水轉化為儲存着能量的有機物，並釋放出
　　　　　氧氣的過程。
鑿壁借光：西漢匡衡幼時鑿穿牆壁引鄰舍之燭光讀書，終
　　　　　成一代名相。現用來形容家貧而讀書刻苦。

其他光

目光　容光　燈光　燭光　激光

靈光　光滑　光溜　賞光　時光

增光　沾光　容光煥發　滿面紅光

目光炯炯　鼠目寸光　浮光掠影

珠光寶氣　刀光劍影　韜光養晦

迴光返照

目光：眼睛的神采；眼光。

容光：臉上的光彩。

激光：由雷射器產生的一種光，它的特點是顏色很純。能
　　　量高度集中。也叫萊塞。

靈光：神異之光或指畫在神像頭部的光輝。

鼠目寸光：老鼠的眼睛只能看到一寸遠的地方。形容目光
　　　　　短淺，沒有遠見。

浮光掠影：水面的光和掠過的影子，一晃就消逝。比喻觀
　　　　　察不細緻，學習不深入，印象不深刻。

韜光養晦：收斂光芒。指隱藏才能，不使外露。

迴光返照：指太陽剛落山時，由於光線反射而發生的天空
　　　　　中短時發亮的現象。比喻沒落以前的景象。

閃光

閃光　發光　光澤　反光　光彩
光輝　光華　閃爍　閃耀　炫目
耀眼　璀璨　明晃晃　銀閃閃
亮閃閃　亮晶晶　光芒四射
光芒萬丈　光彩奪目　閃閃發光
光可鑒人

光澤：光彩；光華。
光華：明亮的光輝。
閃爍：光亮晃動不定、忽明忽暗。也形容說話隱晦躲閃，
　　　不肯明確說出。
璀璨：形容光彩奪目。
光彩奪目：光彩極為美麗、鮮明，令人眼花繚亂。
光可鑒人：閃閃的光亮可以照見人影。形容頭髮烏黑，肌
　　　　　膚潤澤艷麗或器物光滑明亮。

明亮

光

光明　光亮　亮光　明亮　通明
敞亮　通亮　透亮　雪亮　發亮
明朗　刺目　刺眼　輝煌　燦爛
光潔　皎潔　亮晶晶　蒙蒙亮
燈火通明　明火執仗　大放光明
棄暗投明　明珠暗投　亮亮堂堂
亮如白晝

光明：光亮；明亮。
明亮：發亮或發光；光線充足。
明朗：明亮；明顯、清晰。
燦爛：形容光彩鮮明奪目。
皎潔：明亮潔白，多形容月光。
亮晶晶：形容物體閃爍發光。
明火執仗：點着火把，拿着武器。形容公開搶劫或肆無忌
　　　　　憚地幹壞事。
大放光明：發出強烈的光，非常明亮。

黑暗

昏暗　暗淡　昏黑　黯然　幽暗

晦暗　陰暗　黑漆漆　黑洞洞

黑沉沉　陰森森　黑壓壓

黯淡無光　暗無天日　一團漆黑

黑咕隆咚　天昏地暗　暗中摸索

暗淡無光　黑燈瞎火　昏天黑地

昏暗：光線微弱，暗。

幽暗：幽靜而昏暗。

晦暗：昏暗無光的。

黯淡無光：不明亮，昏暗。形容失去光彩。

暗無天日：黑暗得看不到一點光明。

天昏地暗：天地昏黑無光。形容颳大風時漫天沙土的景
　　　　　象。

形狀

方形　長方形　正方形　菱形
梯形　圓形　半圓　橢圓　扇形
三角形　多邊形　幾何圖形
外圓內方　方方正正　四四方方
奇形怪狀　棱角分明　破鏡重圓
沒有規矩，不成方圓

方形：長方形和正方形的總稱。指所有內角均為直角的平
　　　行四邊形。
菱形：有一組鄰邊相等的四邊形叫做菱形。
圓形：一種幾何圖形。在同一平面內，到定點的距離等於
　　　定長的點的集合叫做圓。
扇形：圓的一部分。一條弧和經過這條弧兩端的兩條半徑
　　　所圍成的圖形。
三角形：有三邊的平面多邊形。也叫三邊形。
奇形怪狀：奇奇怪怪的形狀。
沒有規矩，不成方圓：沒有校正圓形、方形的兩種工具，
　　　　　　　　　　是畫不成方和圓的。用以形容標準或制度的重
　　　　　　　　　　要。

線條

線　絲　帶　纜　條　曲折　彎曲
捲曲　蜷曲　扭曲　歪曲　平直
垂直　筆直　筆挺　平坦　崎嶇
平緩　陡峭　峰迴路轉　彎彎曲曲
歪歪扭扭　東倒西歪　歪歪斜斜
歪七豎八　拐彎抹角　蜿蜒曲折
迂迴曲折

性狀

曲折：指彎曲的形狀，或複雜的、不順當的情節。
彎曲：不直。
筆直：指非常直，沒有曲折，彎弧或棱角。
筆挺：指站立的東西不歪斜；衣服平整挺括。
平坦：沒有高低凹凸。
崎嶇：山路不平。比喻處境艱難。
彎彎曲曲：曲折不直的。
歪歪扭扭：歪斜不正的。

孔 / 洞 / 縫

孔 穴　窟洞　山洞　岩洞　地洞
地道　坑洞　夾縫　裂縫　縫隙
空隙　門縫　漏洞　空穴來風
洞天福地　無孔不入　門戶洞開
空洞無物　引蛇出洞　天衣無縫
無懈可擊　嚴絲合縫　見縫插針

性狀

窟洞：中國西北黃土高原上古老的 "穴居式" 民居形式。
空穴來風：有了洞穴才有風進來。比喻消息和傳說不是完
　　　　　全沒有根據的。
洞天福地：指神道居住的名山勝地。後多比喻風景優美的
　　　　　地方。
門戶洞開：大門完全敞開，無遮無攔。
天衣無縫：神話傳說中仙女的衣服沒有衣縫。比喻事物周
　　　　　密完善，找不出甚麼毛病。

形態

液體 液態 固體 固態 氣體
氣態 水 油 酒 漿 奶 汁
粉末 空氣 氧氣 大氣 蒸汽
稀薄 粘稠 清澈 渾濁 凝固
融化 結晶 蒸發 揮發 流動
水滴石穿 滴水成冰 煙霧繚繞
烏煙瘴氣 雲霧蒸騰

性狀

液態：物質的液體狀態，可以流動、變形，可微壓縮。
固態：物質存在的一種狀態，有比較固定的體積和形狀、
　　　質地比較堅硬。
氣態：物質的氣體狀態。
結晶：物質從液態或氣態形成晶體。比喻珍貴的成果。
蒸發：液體蒸騰揮發為水汽的現象。
雲霧蒸騰：雲和霧發熱上升。

長 / 短

程度

長度　幅度　跨度　細長　狹長
扁長　修長　頎長　長處　短小
短途　短視　短淺　短處
長短不拘　取長補短　尺短寸長
長亭短亭　源遠流長　長途跋涉
氣貫長虹　長袖善舞　馬瘦毛長
五短身材　髮短心長

修長：細長。
頎長：修長；細長。
取長補短：吸取別人的長處，來彌補自己的不足之處。
長途跋涉：翻山越嶺、趨水過河。指遠距離的翻山渡水。
五短身材：指人的身材矮小。
髮短心長：頭髮稀少，心計很多。形容年老而智謀高。

大／小

高大　寬大　肥大　巨大　宏大

龐大　遠大　偉大　浩大　廣大

小巧　小型　細小　微小　細微

幼小　渺小　小看　小視　小氣

碩大無朋　大材小用　小材大用

大呼小叫　大驚小怪　小題大做

大同小異　小巧玲瓏　蠅頭小利

細枝末節　雞毛蒜皮

碩大無朋：大得沒有可以與之相比的。形容極大。
大材小用：把大的材料用於小的用處。比喻人才使用不
　　　　　當。
大驚小怪：對沒有甚麼了不起的事情過分驚訝。
大同小異：大體相同，略有差異。
蠅頭小利：比喻非常微小的利潤。

多／少

許多　很多　好多　眾多　繁多　無數
大量　大批　大宗　巨量　巨額　豐盛
豐富　可觀　充沛　充足　很少　少許
一些　些微　有限　零星　少數　少量
個別　絲毫　稀少　寥寥　比比皆是
俯拾皆是　不勝枚舉　不可勝數
不計其數　數不勝數　成千上萬
汗牛充棟　寥若晨星　屈指可數
寥寥無幾　九牛一毛　鳳毛麟角
滄海一粟

程度

比比皆是：到處都是。形容極其常見。
俯拾皆是：只要低下頭來撿取，到處都是。形容多而易得。
不勝枚舉：不能一個個地列舉出來。形容數量很多。
汗牛充棟：書運輸時牛累得出汗，存放時堆至屋頂。形
　　　　　容藏書很多。
寥若晨星：稀少得好像早晨的星星。指為數極少。
九牛一毛：九頭牛身上的一根毛。比喻極其微小。
鳳毛麟角：鳳凰的羽毛，麒麟的角。比喻珍貴而稀少的人
　　　　　或物。
滄海一粟：大海中的一粒穀子。比喻非常渺小，微不足道。

高 / 低

高大　高低　高矮　高峻　高聳　崇高
高等　高級　高貴　尊貴　顯貴　高尚
低下　低等　低級　低賤　低微　寒微
卑賤　登高眺遠　心比天高
眼高手低　展翅高飛　德高望重
高高在上　居高臨下　低三下四
低聲下氣　高不成，低不就

程度

高聳：高高地直立。
崇高：高大；高尚。
高貴：高尚可貴或出身顯貴。
卑賤：出身或地位低下；卑鄙下賤。
眼高手低：眼界過高，手法過低。指要求的標準很高，但
　　　　　實際上自己也做不到。
德高望重：道德高尚，名望很大。
低聲下氣：形容說話和態度卑下恭順的樣子。

遠／近

遠方　遠離　遙遠　遼遠　長遠

邊遠　邊陲　遠郊　近郊　疏遠

遠景　附近　四周　周圍　跟前

靠近　近景　近處　近旁　近路

接近　天涯海角　天各一方

千里迢迢　萬水千山　近在咫尺

一衣帶水　朝發夕至　捨近求遠

遠在天邊，近在眼前

遠水救不了近火

邊陲：邊境，邊疆。

千里迢迢：形容路途遙遠。

近在咫尺：咫，古代長度單位，合現在市尺六寸二分二
　　　　　厘。形容距離很近。

一衣帶水：一条衣帶那样狹窄的水。指雖有江河湖海相
　　　　　隔，但距离不遠。

朝發夕至：早上出發晚上就能到達。形容路程不遠或交通
　　　　　方便。

粗／細

粗笨　粗鄙　粗糙　粗大　粗放
粗獷　粗劣　粗陋　粗率　粗略
粗淺　粗心　粗野　粗重　粗壯
細緻　細密　細心　細微　細小
細節　纖細　精細　詳細　仔細
五大三粗　粗枝大葉　粗中有細
間不容髮　細微末節　事無巨細
巨細無遺　細緻入微　膽大心細

粗鄙：粗野鄙陋。
粗糙：不精細；不光滑；不細緻。
粗野：指言語、舉動粗魯無禮。
纖細：細微，細小。
間不容髮：兩物中間容不下一根頭髮。形容事物之間距離
　　　　　極小，也形容情勢極其危急。
巨細無遺：大小都沒有遺漏。

寬 / 窄

寬闊　寬敞　寬廣　寬曠　寬大
寬宏　寬裕　狹窄　狹隘　狹小
逼仄　偏狹　寬廣無垠　無邊無際
一望無際　寬宏大量　羊腸小道
陽關大道　狹路相逢　心胸狹窄
冤家路窄

程度

逼仄：狹窄。
偏狹：片面而狹隘。
羊腸小道：曲折而極窄的路。
陽關大道：原指古代經過陽關通向西域的大道。後泛指寬
　　　　　闊的交通大道。
冤家路窄：仇敵相逢在窄路上，或不願意見面的人偏偏相
　　　　　遇。

輕/重

輕巧　輕便　輕盈　輕鬆　輕快　輕柔
輕微　輕視　輕蔑　輕浮　沉重　重負
重大　重量　重點　重視　重要　繁重
注重　着重　鄭重　珍重　保重　慎重
尊重　隆重　貴重　輕而易舉
輕如鴻毛　千鈞重負　忍辱負重
重於泰山　避重就輕　舉重若輕
如釋重負

程度

輕巧：輕便靈巧。
輕盈：姿態、動作輕巧優美。
輕如鴻毛：比大雁的毛還輕。比喻毫無價值。
千鈞重負：鈞，古代的重量單位，合三十斤。比喻很沉重
　　　　　的負擔。
重於泰山：比泰山還要重。形容意義重大。

深 / 淺

深度　深入　縱深　深刻　深遠
深重　深厚　深切　深淺　深情
深造　高深　艱深　淺近　淺顯
淺薄　淺陋　淺灘　粗淺　膚淺
短淺　擱淺　深不可測　萬丈深淵
水深火熱　深入淺出　目光短淺
坐井觀天　受益匪淺　才疏學淺
淺嘗輒止

程度

縱深：地域縱向的深度。
膚淺：局限於表面的、淺薄的、不深刻的。
擱淺：船隻進入水淺處，不能行駛。比喻事情遭到阻礙而
　　　中途停頓。
深入淺出：講話或文章的內容深刻，語言文字卻淺顯易懂。
坐井觀天：坐在井底看天。比喻眼界小，見識少。
受益匪淺：收穫不小，有很大的收穫。
淺嘗輒止：略微嘗試一下就停下來。指不深入鑽研。

真 / 假

真實 真切 真誠 真情 真相 真正
真理 真摯 真品 率真 較真 天真
認真 純真 假設 假扮 假如 假借
假象 虛假 虛偽 贗品 造假
假惺惺 千真萬確 真相大白
真心實意 真才實學 返璞歸真
貨真價實 真真假假 弄假成真
弄虛作假 假仁假義 假戲真做
虛情假意 子虛烏有

程度

真摯：真誠懇切。多指朋友的感情。
率真：直率而真誠。
贗品：本義指工藝精湛的模擬品，價值和價格可以緊隨被
　　　仿品。現在通常指工藝拙劣的仿冒品。
返璞歸真：去掉外飾，還其本質。比喻回復原來的自然狀
　　　　　態。
子虛烏有：指假設的、不存在的、不真實的事情。

前 / 後

前面　前邊　前頭　前程　前方
前路　前景　前腳　前人　前沿
前線　跟前　進前　一馬當先
爭先恐後　瞻前顧後　空前絕後
勇往直前　前程似錦　前赴後繼
後顧之憂　後繼有人　後起之秀
螳螂捕蟬，黃雀在後

程度

瞻前顧後：看看前面，又看看後面。形容做事之前考慮周密。現也形容顧慮太多，猶豫不決。

空前絕後：指從前沒有過，今後也不會再有。形容獨一無二。

前赴後繼：前面的衝上去了，後面的緊跟上來。形容不斷投入戰鬥，奮勇衝殺向前。

後顧之憂：來自後方的憂患。指在前進過程中，擔心後方發生問題。

後起之秀：後來出現的或新成長起來的優秀人物。

螳螂捕蟬，黃雀在後：螳螂正要捉蟬，不知黃雀在牠後面正要吃牠。比喻目光短淺，只想到算計別人，沒想到別人在算計他。

涼 / 熱

冰涼　冰冷　清冷　陰冷　寒涼
受涼　清涼　乘涼　着涼　受涼
悲涼　淒涼　荒涼　蒼涼　溫和
溫暖　暖和　熱量　熱潮　熱度
熱火　滾熱　加熱　灼熱　炙熱
发熱　溫吞吞　熱乎乎　冷森森
忽冷忽熱　殘羹冷炙　冷冷清清
不冷不熱　冷嘲熱諷　世態炎涼
冷暖自知　冷若冰霜　橫眉冷對
熱火朝天　炙手可熱　熱氣騰騰
趁熱打鐵

程度

蒼涼：荒蕪悲涼。
灼熱：像被火燒着、燙着那樣熱。
炙熱：像火烤一樣的熱。形容極熱。
殘羹冷炙：吃剩的湯菜。也比喻別人施捨的東西。
橫眉冷對：怒目而視且冷靜對待。

疏 / 密

稀疏　疏落　疏鬆　零落　零星

疏漏　疏散　疏忽　稀少　疏遠

分散　密集　集中　周密　稠密

濃密　密切　緊密　親密　精密

密密　疏疏落落　稀稀落落

星星點點　零零星星　疏忽大意

密密麻麻　鱗次櫛比　星羅棋佈

人煙稠密　嚴嚴實實　密不透風

程度

稀疏：寬鬆；不稠密。

稠密：又多又密。

星星點點：形容多而分散；形容少許或細碎。

密密麻麻：非常密集。形容又多又密。

鱗次櫛比：像魚鱗和梳子齒那樣有次序地排列着。多用來
　　　　　形容房屋或船隻等排列得很密很整齊。

軟 / 硬

綿軟　柔軟　鬆軟　疲軟　酸軟
軟弱　軟化　溫柔　溫和　溫順
溫存　軟綿綿　軟刀子　軟釘子
堅硬　生硬　僵硬　堅實　堅固
牢固　結實　扎實　剛強　堅定
硬梆梆　硬崩崩　以柔克剛
剛柔相濟　軟硬兼施　軟硬不吃
堅如磐石　銅牆鐵壁

柔軟：軟和；不堅硬。
溫柔：溫順體貼。
堅硬：很硬。
僵硬：肢體不能活動或不靈活。
以柔克剛：用柔軟的去克制剛強的。
堅如磐石：像大石頭一樣堅固。比喻不可動搖。

濃／淡

濃度　濃厚　濃郁　濃艷　濃密
濃重　濃烈　淡薄　淡漠　淡然
淡化　冷淡　清淡　平淡　暗淡
素淡　恬淡　濃墨重彩　濃蔭蔽日
血濃於水　濃妝艷抹　濃眉大眼
粗茶淡飯　清湯寡水　淡而無味
不鹹不淡

程度

濃厚：濃的，密的。
濃郁：香氣、色彩、氣氛等濃厚。
淡然：漫不經心，毫不在意的樣子。
平淡：平常，沒有曲折。
恬淡：恬靜淡泊。一般指人的性格恬靜。
血濃於水：血的濃度大於水。用來形容親情。
粗茶淡飯：粗糙簡單的飯食。形容生活儉樸。

快 / 慢

快速　急速　急劇　快捷　奔馳
飛快　趕快　儘快　輕快　緩慢
慢慢　緩緩　徐徐　冉冉　姍姍
款款　慢吞吞　慢騰騰　慢悠悠
馬不停蹄　一日千里　一瀉千里
急轉直下　風馳電掣　慢慢吞吞
慢慢騰騰　慢慢悠悠　姍姍來遲
款款而行　迅雷不及掩耳

急劇：快而劇烈，急速。
徐徐：速度或節奏緩慢地。
冉冉：漸進地；慢慢地。
風馳電掣：像風奔馳；像電閃過。形容非常迅速。
姍姍來遲：比喻走得緩慢從容。現形容慢騰騰地很晚才到
　　　　　來或前來得很慢。
款款而行：慢慢地行走。

好 / 壞

良好　美好　上好　優等　優質
優良　優秀　優異　優勝　優勢
上等　上乘　低劣　拙劣　糟糕
　遜色　粗劣　惡劣　出類拔萃
百裏挑一　有口皆碑　錦上添花
居心叵測　臭名遠播　遺臭萬年
粗製濫造　歪瓜裂棗　良莠不齊

程度

優質：好品質；高品質。
優異：特別好；特別出色。
拙劣：笨拙而低劣。
遜色：比不上，差勁。
出類拔萃：卓越出眾，不同一般。
有口皆碑：所有人的嘴都是活的記功碑。比喻人人稱讚。
居心叵測：指存心險惡，不可推測。
良莠不齊：好人壞人都有，混雜在一起。

淨／髒

乾淨　純淨　潔淨　明淨　清淨
整潔　清新　清爽　淨化　淨土
骯髒　渾濁　污穢　污染　污濁
污點　齷齪　污垢　一塵不染
窗明几淨　乾乾淨淨　烏七八糟
髒亂不堪　蓬頭垢面　同流合污

乾淨：沒有塵土、雜質等。
純淨：無污染的；單純潔淨的。
清新：清爽新鮮。
骯髒：髒；不潔淨。比喻卑鄙、醜惡。
污穢：骯髒的；不潔淨的（物體）。
齷齪：骯髒，污穢；品行卑劣。
一塵不染：原為佛教用語，指絲毫不受壞習慣、壞風氣的
　　　　　影響。也用來形容清潔、乾淨。
蓬頭垢面：頭髮蓬亂，臉上很髒，衣衫襤褸。

升 / 降

上升　飛升　飛揚　飛騰　回升

騰空　凌空　上漲　上揚　升騰

下降　降落　回落　低落　跌落

滾落　飄落　下落　隕落　墜落

墮落　扶搖直上　蒸蒸日上

平步青雲　雞犬升天　一落千丈

落井下石　自甘墜落

程度

隕落：在高空運動的物體從高空掉下。多用於比喻偉人或
　　　巨星的去世。

扶搖直上：乘着大旋風一直上升。比喻事物迅速地直線上
　　　　　升。

平步青雲：指人一下子輕易登上很高的官位。

雞犬升天：比喻一個人得勢，他的親戚朋友也跟着沾光。

落井下石：看見人要掉進陷阱裏，不伸手救他，反而推他
　　　　　下去，又扔下石頭。比喻乘人有危難時加以陷
　　　　　害。

美 / 醜

好看　美貌　漂亮　標致　美麗

秀麗　艷麗　俏麗　秀麗　秀氣

秀美　俊美　清秀　娟秀　靈秀

難看　醜陋　猥瑣　寒磣　醜小鴨

醜八怪　美不勝收　美輪美奐

完美無瑕　盡善盡美　成人之美

醜陋不堪　奇醜無比　面目可憎

賊眉鼠眼　獐頭鼠目

程度

標致：外表、風度等接近完美。

猥瑣：舉止扭捏、拘束、不自然；或形容人鄙陋卑劣，庸
　　　俗卑下。

醜小鴨：比喻不被關注的小孩子或年輕人，有時也指剛剛
　　　　出現、不為人注意的事物。

美輪美奐：形容建築物雄偉壯觀、富麗堂皇。現在也用來
　　　　　形容雕刻或建築藝術的精美效果。

完美無瑕：達到最好標準。

貴／賤

昂貴　寶貴　珍貴　可貴　高貴
名貴　貴重　奢侈　便宜　廉價
低廉　低賤　卑賤　下賤　無價之寶
奇珍異寶　如獲至寶　不可多得
價值連城　稀世之珍　不同凡響
雍容華貴　珠光寶氣　珠圍翠繞
珠翠羅綺　一文不值

程度

奢侈：揮霍浪費錢財，過分追求享受。
卑賤：舊指出身或地位低下，現多指卑鄙下賤。
價值連城：連城，連在一起的許多城池。形容物品十分貴重。
稀世之珍：世間罕見的珍寶。比喻極寶貴的東西。
珠翠羅綺：珍珠、翡翠和華麗的絲織品。指婦女華美的服飾。
一文不值：指毫無價值。

性別

男　公　君　先生　男士　男兒
後生　小伙子　男子漢　大丈夫
鬚眉　女　巾幗　千金　小姐
閨女　少女　姑娘　女士　女郎
夫人　太太　少婦　貴婦人
白面書生　文弱書生　凡夫俗子
紈袴子弟　膏粱子弟　千金小姐
大家閨秀　小家碧玉　巾幗英雄

紅男綠女

鬚眉：古時男子以鬚鬚眉毛稱秀為美，故以為男子的代稱。
巾幗：古代婦女的頭巾和髮飾，代稱女子。
千金：女兒。用於稱他人的女兒，有尊貴之意。
白面書生：相貌較好、白淨的年輕讀書人。
紈袴子弟：衣着華美的年輕人。指有錢有勢人家成天吃喝
　　　　　玩樂、不務正業的子弟。
膏粱子弟：膏粱，肥肉和細糧，指美味佳餚。富貴人家過
　　　　　慣享樂生活的子弟。
小家碧玉：小戶人家美麗的年輕女子。

外貌

容貌

相貌　面貌　美貌　面容　面目
姿容　姿色　模樣　外貌　風貌
外表　儀表　儀容　形相　長相
樣子　書生氣　脂粉氣　小家子氣
寒酸相　一表人才　相貌堂堂
容光煥發　紅光滿面　音容笑貌
舉手投足

姿色：指相貌姿態，也形容女子的美貌。
風貌：風采、特徵與外貌。
儀表：人的外表。
一表人才：形容人的相貌、儀表都很出色。
相貌堂堂：形容人的儀表端莊，舉止大方。

美女

天人　天仙　仙子　玉人　佳人

佳麗　麗人　淑女　紅顏　紅粉

絕色　國色　如花似玉　傾國傾城

紅顏薄命　紅粉佳人　國色天香

閉月羞花　沉魚落雁　窈窕淑女

玉人：容貌美麗的人。後多用以稱美麗的女子。

佳人：有才的女子，或者是美貌的女子。

紅顏：指女子，尤其是年輕的、美麗的女子。

傾國傾城：原指因女色而亡國。後多形容婦女容貌極美。

閉月羞花：使月亮躲藏，使花兒羞慚。形容女子容貌美麗。

沉魚落雁：魚見之沉入水底，雁見之降落沙洲。形容女子
　　　　　容貌美麗。

窈窕淑女：指美麗而有品行的女子。

俊男

外貌

英俊　瀟灑　灑脫　俊朗　英武
帥哥　美男子　大丈夫　氣宇軒昂
英俊瀟灑　英姿勃發　玉樹臨風
風流倜儻　風度翩翩　一表人才
儀表堂堂

英俊：指容貌俊秀又有風度的男人。
瀟灑：神情舉止自然大方，不呆板，不拘束。
氣宇軒昂：精神飽滿、氣度不凡的樣子。
玉樹臨風：形容人像玉樹一樣風度瀟灑，秀美多姿。
風流倜儻：倜儻，灑脫不拘。形容人有才華而言行不受世
　　　　　俗禮節的拘束。

神態

神情　舉止　儀態　氣派　氣質　姿態
姿勢　英姿　雄姿　丰姿　丰韻　風采
風度　風姿　風致　風韻　神采
神情舉止　儀態萬方　落落大方
文質彬彬　溫文爾雅　楚楚動人

神情：面部表露出來的內心活動。
氣派：態度作風或氣勢、氣概。
丰姿：風度姿態。
風韻：指女性優美的姿態神情。
落落大方：形容言談舉止自然大方。
文質彬彬：形容氣質溫文爾雅，行為舉止端正，文雅有禮
　　　　　貌。
溫文爾雅：形容人態度溫和，舉止斯文。
楚楚動人：形容姿容美好，動人心神。今多用以形容女子
　　　　　姿容神態柔弱動人。

外貌

體態

苗條　窈窕　修長　豐滿　高大
魁梧　健壯　矮小　短小　瘦小
肥大　肥胖　臃腫　亭亭玉立
婀娜多姿　翩若驚鴻　虎背熊腰
五大三粗　大腹便便　弱不禁風
瘦骨嶙峋　瘦骨伶仃　短小精悍

窈窕：文靜而美好的樣子。
魁梧：軀幹高大；強壯粗大。
亭亭玉立：形容女子身材細長。也形容花木等形體挺拔。
婀娜多姿：形容女性姿態各異，輕盈柔美。
翩若驚鴻：比喻美女的體態輕盈。
瘦骨嶙峋：形容人或動物消瘦露骨。

裝扮

妝飾　化妝　美容　濃妝　素顏
服飾　裝束　服裝　穿着　穿戴
首飾　濃妝艷抹　梳妝打扮
不施粉黛　出水芙蓉　穿金戴銀
綾羅綢緞　衣冠楚楚　衣衫襤褸
衣不蔽體　不修邊幅

裝束：穿着、打扮。
不施粉黛：不擦粉、不描眉，不化妝時的容貌。
出水芙蓉：剛開放的荷花。形容天然艷麗的女子。
衣冠楚楚：衣帽穿戴得很整齊，很漂亮。
衣衫襤褸：衣服破破爛爛。

年齡

外貌

童年　少年　青春　青年　壯年　盛年
中年　老年　暮年　晚年　殘年　兒童
孩童　童稚　孺子　幼稚　年青　後生
少壯　老翁　老者　老漢　長者　年邁
老邁　老朽　乳臭未乾　孺子可教
年富力強　風華正茂　豆蔻年華
而立之年　四十不惑　花甲之年
古稀之年　老態龍鍾

殘年：指晚年，暮年。

孺子：小孩子。

老朽：衰老陳腐。常喻無用。

乳臭未乾：身上的奶腥氣還沒有退盡。形容人幼稚不懂事理。

孺子可教：小孩子是可以教誨的。後形容年輕人有出息，可以造就。

豆蔻年華：代指少女的青春年華。

老態龍鍾：年老體衰、行動不便的樣子。

笑

微笑　歡笑　暗笑　含笑　傻笑

冷笑　奸笑　譏笑　苦笑　取笑

恥笑　狂笑　笑容　笑臉　笑顏

笑瞇瞇　笑呵呵　笑嘻嘻

眉開眼笑　嫣然一笑　笑逐顏開

破涕為笑　忍俊不禁　哄堂大笑

強顏歡笑　啞然失笑　笑容可掬

前仰後合

嫣然一笑：形容女子笑得很美。

笑逐顏開：笑得使面容舒展開來。形容滿面笑容，十分高
　　　　　興的樣子。

破涕為笑：一下子停止了哭泣，露出笑容。形容轉悲為喜。

忍俊不禁：忍不住要發笑。

笑容可掬：笑容滿面。形容人很高興的樣子。

表情

哭

哭泣　抽泣　痛哭　慟哭　啼哭
哀號　抽泣　嗚咽　哽咽　悲鳴
流淚　垂淚　奪眶而出　淚流滿面
潸然淚下　泣不成聲　聲淚俱下
痛哭流涕　淚如雨下　淚如泉湧
大放悲聲　抱頭痛哭

抽泣：小聲地哭泣。
慟哭：放聲痛哭，號哭。
哽咽：哭時不能痛快地出聲。
潸然淚下：眼淚不由自主地流下來。
泣不成聲：哭得噎住了，出不來聲音。形容非常傷心。
痛哭流涕：形容非常傷心地痛哭，涕淚交加的樣子。

嚴肅

嚴肅　嚴厲　莊重　凝重　正色
莊嚴　肅穆　肅然　嚴肅認真
一本正經　正襟危坐　不苟言笑
聲色俱厲　鄭重其事

凝重：濃重；端莊、莊重。
肅穆：氣氛莊嚴肅穆。
正襟危坐：理好衣襟，端端正正地坐着。形容嚴肅或拘謹
　　　　　的樣子。
不苟言笑：不隨便說笑。形容態度莊重嚴肅。
聲色俱厲：說話時聲音和臉色都很嚴厲。

平靜

表情

平靜　寧靜　安靜　沉默　恬靜
肅靜　淡然　恬淡　靜默　靜穆
安詳　面無表情　沉默寡言
平心靜氣　心平氣和　氣定神閒

寧靜：平靜；安靜。
安靜：沒有聲音，沒有吵鬧和喧嘩。
恬靜：形容為人閒適，安靜。
沉默寡言：不聲不響；很少說話。
平心靜氣：心情平和，態度冷靜。
心平氣和：心情平靜，態度溫和。指不急躁，不生氣。
氣定神閒：心情平和，平靜，不浮躁。

驚訝

震驚 吃驚 驚異 驚訝 驚詫
受驚 驚愕 驚慄 驚聳 驚醒
驚歎 驚呼 驚奇 愕然
大吃一驚 大驚失色 大驚小怪
語驚四座 舉座譁然

驚慄：令人吃驚。
驚聳：震驚；吃驚。
大驚失色：非常害怕或慌張，臉色都變了。
大驚小怪：形容對沒有甚麼了不起的事情過分驚訝。
語驚四座：形容發言獨特、新奇，使人震驚。
舉座譁然：在座的人吵吵嚷嚷，形容消息（多指不好的消息）傳開，引起轟動。

得意

成功 興奮 自得 狂妄 自大
自滿 飄飄然 春風得意
自鳴得意 得意忘形 得意洋洋
志得意滿 沾沾自喜 忘乎所以

自得：自覺得意、開心。
飄飄然：由於迷戀某人或懷有極大的驕傲自大情緒而感到
　　　　輕飄飄。形容得意。
春風得意：和暖的春風使人覺得洋洋自得。形容因所謀求
　　　　　的事情成功而心情歡暢。
自鳴得意：自以為了不起，表示很得意。形容自我欣賞。
沾沾自喜：形容自以為不錯而得意的樣子。

沮喪

低落　失落　氣餒　頹廢　失意
灰心　挫敗　喪氣　落魄　落寞
惆悵　失望　鬱悶　萬念俱灰
若有所失　悵然若失　萎靡不振
失魂落魄　自暴自棄　大失所望
垂頭喪氣

氣餒：灰心喪氣；失去勇氣。
頹廢：意志消沉，精神萎靡。
落魄：潦倒失意。
惆悵：傷感；愁悶；失意。
自暴自棄：自己瞧不起自己，甘於落後或墮落。
大失所望：指原來的希望完全落空。

難堪

表情

尷尬　窘迫　窘促　窘態　無趣
狼狽　羞辱　侷促　丟面子
自討沒趣　無言以對　狼狽不堪
無地自容　丟人現眼　斯文掃地
騎虎難下

尷尬：處於兩難境地無法擺脫。
狼狽：狽是傳說中一種似狼的野獸。形容困苦或受窘的樣
　　　子。
羞辱：做出某種侮辱的動作。
斯文掃地：名譽、信用、地位等完全喪失。指文化或文人
　　　　　不受尊重或文人自甘墮落。
騎虎難下：騎在老虎背上不能下來。用來比喻做事情進行
　　　　　到中途遇到困難，迫於形勢又無法中止，只好
　　　　　硬着頭皮做下去。

兇惡

兇暴　兇狠　兇殘　兇悍　兇猛
兇相　粗暴　蠻橫　強橫　猙獰
惡狠狠　兇相畢露　面目猙獰
氣勢洶洶　窮兇惡極　兇神惡煞
原形畢露　張牙舞爪

兇猛：形容氣勢、力量兇惡強大。
猙獰：性情、行為或狀貌十分可怕。
兇神惡煞：原指兇惡的神。後用來形容非常兇惡的人。
原形畢露：本來面目完全暴露。指偽裝被徹底揭開。
張牙舞爪：形容猛獸兇惡可怕，張開嘴巴又揮舞着爪子
　　　　的。也比喻猖狂兇惡。

表情

專注

表情

專心　用心　潛心　一心　認真
仔細　出神　入神　入迷
全神貫注　聚精會神　目不轉睛
專心致志　一心一意　一絲不苟
旁若無人

專心：用心專一，一心不二。

潛心：專心致志地做一件事。

入神：專注於眼前有濃厚興趣的事物或陷入沉思。

聚精會神：形容專心致志，注意力高度集中的樣子。

目不轉睛：眼珠子一動不動地盯着看。形容注意力高度集
　　　　　中。

一心一意：只有一個心眼，沒有別的考慮。

一絲不苟：形容辦事認真，連最細微的地方也不馬虎。

害怕

惶恐　恐怖　恐懼　恐慌　懼怕

畏懼　膽怯　驚惶　驚駭　驚慌

驚恐　驚嚇　不寒而慄　草木皆兵

魂飛魄散　提心吊膽　驚恐萬狀

驚魂未定　談虎色變　畏之如虎

膽戰心驚　心有餘悸

恐懼：畏懼，害怕。

畏懼：害怕，恐懼。

膽怯：膽小，缺少勇氣。

驚惶：震驚惶恐；驚慌。

驚慌：驚恐慌亂。

不寒而慄：不冷而發抖。形容非常恐懼。

提心吊膽：心和膽好像懸起來，不塌實。形容十分擔心或
　　　　　害怕。

心有餘悸：危險的事情雖然過去了，回想起來還感到害怕。

表情

恍惚

迷離　茫然　癡呆　迷茫　迷惘
茫然　木然　麻木　恍恍惚惚
神色恍惚　心不在焉　六神無主
無精打采　心神不定

迷離：模糊而難以分辨清楚；迷糊。
迷惘：迷惑失措。
茫然：形容完全不知道的神態。
木然：一時癡呆不知所措的樣子。
恍惚：精神不集中，神志不清。
心不在焉：做事心思不認真，思想不集中。
六神無主：形容心慌意亂，拿不定主意。
無精打采：形容精神不振，提不起勁頭。

害羞

羞澀 羞怯 羞赧 害羞 含羞

嬌羞 怕羞 害臊 腼腆 扭捏

忸怩 羞答答 怯生生 羞羞答答

面紅耳赤 不好意思 神情扭捏

羞澀：心裏害羞而舉動拘束不自然。

害羞：感到不好意思，難為情。

怯生生：顯出緘默或羞怯的樣子。形容膽小畏縮的樣子。

面紅耳赤：耳朵發赤臉發紅。形容因激動或羞愧而臉色發
　　　　　紅的表情。

不好意思：害羞；難為情。也指礙於情面而只能怎樣或不
　　　　　便怎樣。

喜

快樂　快活　高興　開心　愉快
愉悅　歡快　歡樂　歡欣　歡暢
歡喜　喜悅　欣喜　驚喜　狂喜
雀躍　心花怒放　喜氣洋洋
喜形於色　喜出望外　喜從天降
喜不自勝　喜上眉梢　欣喜若狂
興高采烈　樂不可支　樂不思蜀

情感

心花怒放：心裏高興得像花兒盛開一樣。形容極其高興。
喜出望外：由於沒有想到的好事而非常高興。
欣喜若狂：形容高興到了極點。
樂不思蜀：原指蜀後主劉禪甘心為虜，不思復國。後比喻
　　　　　在新環境中得到樂趣，不再想回到原來環境中
　　　　　去。

怒

怒氣　怒火　火氣　惱怒　惱火

氣惱　氣憤　憤怒　憤慨　盛怒

狂怒　大怒　震怒　惱羞成怒

遷怒於人　拂袖而去　勃然大怒

怒氣衝天　火冒三丈　咆哮如雷

拍案而起　怒不可遏　怒髮衝冠

怒火中燒

情感

惱羞成怒：因氣惱和羞愧而惱怒。
拂袖而去：形容生了氣，一甩袖子就走了。
勃然大怒：突然變臉大發脾氣。形容人大怒的樣子。
怒不可遏：憤怒地難以抑制。形容十分憤怒。
怒髮衝冠：指憤怒得頭髮直豎，頂着帽子。形容極端憤怒。

悲傷

悲哀　悲痛　悲苦　哀傷　哀痛
苦痛　沉痛　悽愴　淒涼　難過
痛楚　痛心　淒慘　痛不欲生
悲痛欲絕　肝腸寸斷　心如刀割
兔死狐悲　悲從中來　捶胸頓足
呼天搶地　黯然神傷　如喪考妣

肝腸寸斷：肝和腸斷成一寸一寸。比喻傷心到極點。
兔死狐悲：兔子死了，狐狸感到悲傷。比喻因同類的死亡
　　　　　而感到悲傷。
捶胸頓足：用拳敲打胸部，跺着雙腳。形容非常悲痛與懊
　　　　　悔的樣子。
如喪考妣：好像死了父母那樣悲痛。形容非常傷心和着
　　　　　急。

情感

憂愁

憂心　擔憂　憂慮　憂鬱　憂傷
憂感　憂思　愁思　愁悶　愁苦
哀愁　悲愁　愁腸　離愁　閒愁
愁腸百結　愁緒如麻　多愁善感
愁眉不展　愁眉苦臉　借酒澆愁
悶悶不樂　抑鬱寡歡　憂心如焚
杞人憂天　後顧之憂　憂心忡忡

情感

愁腸百結：憂愁苦悶的心腸好像凝結成了許多的疙瘩。
多愁善感：經常發愁和傷感。形容人感情脆弱。
悶悶不樂：形容心事放不下，心裏不快活。
杞人憂天：古代杞國有個人怕天塌下來。比喻不必要的或
　　　　　缺乏根據的憂慮和擔心。

同情

情感

憐憫　憐惜　憐愛　愛護　體恤
惻隱　可憐　可惜　慈悲　痛惜
同病相憐　惻隱之心　悲天憫人
慈悲為懷　憐香惜玉　顧影自憐

惻隱之心：對別人的不幸表示同情。
悲天憫人：哀歎時世的艱難，憐惜人民的痛苦。
慈悲為懷：原佛教語，以惻隱憐憫之心為根本。
憐香惜玉：比喻男子對所愛女子的照顧體貼。

激動

衝動　興奮　激昂　激奮　激揚
激情　激越　昂揚　感奮　振奮
亢奮　澎湃　興沖沖　激動萬分
慷慨激昂　群情激奮　心潮澎湃
熱血沸騰

情感

慷慨激昂：精神振奮，情緒激昂，充滿正氣。
心潮澎湃：心裏像浪潮翻騰。形容心情十分激動，不能平
　　　　　靜。
熱血沸騰：比喻激情高漲。

鎮定

鎮靜　沉着　冷靜　從容　淡定
理智　清醒　泰然　坦然　穩重
處變不驚　從容不迫　泰然自若
若無其事　不動聲色

從容不迫：不慌不忙，沉着鎮定。
泰然自若：形容在緊急情況下沉着鎮定，神情如常。
若無其事：像沒有那回事一樣。形容遇事沉着鎮定或不把
　　　　　事情放在心上。
不動聲色：緊急情況下，説話、神態仍跟平時一樣沒有變
　　　　　化。形容非常鎮靜，一點也不着急。

情
感

煩躁

焦躁　焦慮　焦急　着急　煩躁
煩亂　煩心　煩惱　焦心　暴躁
心煩　煩憂　七上八下　心亂如麻
心浮氣躁　不勝其煩　方寸大亂
心煩意亂　亂作一團

七上八下：形容心裏慌亂不安，無所適從。
心亂如麻：心裏亂得像一團亂麻。形容心裏非常煩亂。
方寸大亂：形容心情不好，思緒很亂。
心煩意亂：形容心情煩躁，思緒紛亂。

喜歡

情感

愛好　喜好　喜愛　熱愛　熱中
偏愛　鍾愛　酷愛　心愛　鍾意
嗜好　愛惜　愛不釋手　如獲至寶
視如珍寶　敝帚自珍　忍痛割愛
情有獨鍾　一見鍾情　喜新厭舊

愛不釋手：喜愛得捨不得放手。
敝帚自珍：把自己家裏的破掃帚當成寶貝。比喻東西雖然
　　　　　不好，自己卻很珍惜。
情有獨鍾：對某一事物特別喜歡。
一見鍾情：舊指男女之間一見面就產生愛情。也指對事物
　　　　　一見就產生了感情。

仇恨

仇視 憎恨 記恨 惱恨 怨恨
懷恨 憤恨 嫉恨 敵視 敵對
報仇 反目成仇 勢不兩立
刻骨仇恨 舊恨新仇 報仇雪恨
懷恨在心 水火不容 深仇大恨
不共戴天 視若寇仇

勢不兩立：敵對的雙方不能同時存在。比喻矛盾不可調
　　　　　和。
報仇雪恨：報冤仇，除怨恨。
水火不容：水和火是兩種性質相反的東西，根本不能相
　　　　　容。後多用於比喻人與人之間有深仇大恨。不
　　　　　能在一起。
不共戴天：不願和仇敵在同一個天底下並存。形容仇恨極
　　　　　深。
視若寇仇：看得像仇人一樣。

慚愧

內疚　愧疚　歉疚　負疚　抱愧
羞愧　羞慚　汗顏　自卑　抱歉
歉意　無地自容　自愧弗如
羞愧難當　自慚形穢　當之無愧
問心無愧

汗顏：因慚愧而汗發於顏面，泛指慚愧。
無地自容：沒有地方可以讓自己容身。形容非常羞愧。
自愧弗如：自感不如別人而內心慚愧。
自慚形穢：因為自己不如別人而感到慚愧。
問心無愧：捫心自問，毫無愧色。

後悔

懊悔　痛悔　懊惱　悔恨　悔改
悔悟　懺悔　遺憾　遺恨　抱憾
愧悔　追悔莫及　悔之晚矣
悔恨交加　自怨自艾　悔不當初
捶胸頓足　死而無憾　悔過自新
千古遺恨

情感

追悔莫及：後悔也來不及了。
自怨自艾：悔恨自己的錯誤。
悔過自新：悔恨以前的過失，決心重新做人。
千古遺恨：遺留的怨恨永遠存在下去。

蔑視

鄙視　輕視　藐視　歧視　鄙棄
鄙夷　小看　小視　小覷　輕蔑
白眼　看不起　不足道　不屑一顧
視如草芥　視若無睹　熟視無睹
嗤之以鼻　一笑置之　不足掛齒

不屑一顧：認為不值得一看。形容極端輕視。
視如草芥：看作像泥土，小草一般輕賤。比喻極端輕視。
熟視無睹：雖然經常看見，還跟沒看見一樣，指對應關心
　　　　　的事物漠不關心。
嗤之以鼻：用鼻子吭聲冷笑。表示輕蔑。

思念

想念　懷念　惦念　掛念　顧念
眷戀　懷戀　牽掛　惦記　記憶
難忘　懷念　銘記　朝思暮想
念念不忘　牽腸掛肚　一日三秋
秋水伊人　望眼欲穿　無牽無掛

朝思暮想：早晚都想念。形容非常想念或經常想着某一件
　　　　　事。
牽腸掛肚：形容十分惦念，放心不下。
一日三秋：一天不見面，就像過了三個季度。形容思念人
　　　　　的心情非常迫切。
望眼欲穿：眼睛都要望穿了。形容盼望殷切。

仰慕

欽佩　敬佩　傾慕　欽慕　崇敬

敬仰　景仰　欽仰　佩服　折服

羨慕　嚮往　心儀　推崇　尊崇

崇尚　傾倒　傾心　五體投地

高山仰止　心服口服　心悅誠服

甘拜下風　推崇備至　頂禮膜拜

敬若神明　慕名而來　眾星捧月

五體投地：兩手、兩膝和頭一起着地。是古印度佛教一種
　　　　　最恭敬的行禮儀式。比喻佩服到了極點。

高山仰止：比喻對高尚的品德的仰慕。

甘拜下風：表示真心佩服，自認不如。

推崇備至：極其推重和敬佩。

頂禮膜拜：原是佛教最高的敬禮方式，表示恭敬和畏服。
　　　　　後來形容對人崇拜恭敬到了極點。

厭惡

討厭　厭煩　厭倦　厭棄　憎惡
嫌棄　唾棄　噁心　反感　可惡
可憎　面目可憎　深惡痛絕
愛憎分明　好逸惡勞　令人生厭
令人作嘔

唾棄：吐唾於地，鄙棄，厭惡。
深惡痛絕：指對某人或某事物極端厭惡痛恨。
好逸惡勞：貪圖安逸，厭惡勞動。專指好吃懶做的人。
令人作嘔：比喻使人極端厭惡。

誠實

忠厚　老實　誠懇　誠摯　真摯
忠誠　實在　忠實　信實　純厚
淳厚　厚道　敦厚　憨厚　純樸
老實巴交　忠心耿耿　誠心誠意
推心置腹　開誠佈公　和盤托出
由衷之言

老實巴交：形容人規規矩矩，謹慎膽小。
忠心耿耿：形容非常忠誠。
推心置腹：把赤誠的心交給人家。比喻真心待人。
開誠佈公：坦白無私、誠懇公正地亮出自己的見解。
和盤托出：連盤子也端出來了。比喻全都講出來，毫不保
　　　　　留。

虛偽

虛假　偽裝　偽善　假裝　假扮

假惺惺　偽君子　口是心非

弄虛作假　言行不一　言不由衷

虛情假意　貓哭老鼠　假仁假義

陽奉陰違　道貌岸然　弄虛作假

品性

口是心非：口所言說的與心中所思想的不一致。

言不由衷：話不是打心眼裏說出來的，即說的不是真心
　　　　　話，指心口不一致。

貓哭老鼠：比喻假慈悲。

陽奉陰違：表面上遵從，暗地裏違背。

道貌岸然：形容故作正經，表裏不一。

勤勞

勤快　勤奮　勤勉　勤儉　勤苦
勤懇　勤謹　手勤　辛勤　刻苦
勤勤懇懇　夜以繼日　埋頭苦幹
早出晚歸　日出而作　兢兢業業
披星戴月　起早貪黑　勤學苦練
廢寢忘食　嘔心瀝血

夜以繼日：晚上連着白天。形容加緊工作或學習。
兢兢業業：做事小心謹慎；認真踏實。
廢寢忘食：顧不得睡覺，忘記了吃飯。形容專心努力。
嘔心瀝血：比喻用盡心思。

品性

懶惰

懶散　懶怠　懈怠　怠惰　偷懶
疏懶　鬆懈　鬆散　懶漢　懶蟲
好吃懶做　飽食終日　無所事事
遊手好閒　不務正業　得過且過
坐享其成　酒囊飯袋

品性

好吃懶做：貪圖吃喝，懶於做事。

遊手好閒：遊蕩懶散，不願參加勞動。

不務正業：丟下本職工作不做，去搞其他的事情。也指人
　　　　　整天遊手好閒。

得過且過：只要能夠過得去，就這樣過下去。沒有長遠打
　　　　　算；也指工作不負責。

坐享其成：自己不出力而享受別人取得的成果。

謙虛

謙卑　謙敬　虛心　客氣　客套
謙善　謙恭　矜持　謙讓　謙遜
謙和　自謙　謙虛謹慎　虛懷若谷
不恥下問　自知之明　禮賢下士
謙謙君子　戒驕戒躁

品性

虛懷若谷：胸懷像山谷一樣深廣。形容十分謙虛。
不恥下問：向地位比自己低、學識比自己少的人請教，也
　　　　　不感到羞恥。
禮賢下士：對賢者以禮相待；對學者非常尊敬。
謙謙君子：謙虛而嚴格要求自己的人。
戒驕戒躁：警惕並防止產生驕傲和急躁情緒。

驕傲

高傲　自大　孤高　驕橫　傲慢

誇耀　自得　驕慢　自傲　驕矜

自豪　自高　驕氣　驕貴　自滿

自高自大　自命不凡　盛氣凌人

心高氣傲　目中無人　目空一切

傲慢不遜

品性

高傲：自高自大，看不起別人。

驕矜：驕傲自大。

自命不凡：自以為不平凡，比別人高明。

盛氣凌人：氣焰傲慢，欺負別人。

目中無人：不把別人放在眼裏。形容高傲自大，看不起人。

目空一切：甚麼都不放在眼裏。形容狂妄自大。

傲慢不遜：輕視別人，態度不謙虛。

聰明

聰敏　聰穎　聰慧　明慧　明智
穎慧　精明　睿智　機靈　靈活
靈巧　聰明伶俐　觸類旁通
秀外慧中　耳聰目明　絕頂聰明
聰明才智　舉一反三　心靈手巧

品性

聰明伶俐：形容小孩頭腦機靈，活潑且乖巧。
秀外慧中：外表秀麗，內心聰明。
耳聰目明：耳朵、眼睛反應靈敏。形容頭腦清楚，眼光敏
　　　　　銳。
舉一反三：從一件事情類推而知道其他許多事情。

愚蠢

笨拙 蠢笨 癡呆 呆笨 愚昧
遲鈍 愚拙 愚笨 愚魯 魯鈍
愚昧無知 愚不可及 笨鳥先飛
將勤補拙 孤陋寡聞 呆頭呆腦

品性

愚昧無知：又愚笨又沒有知識。
愚不可及：愚蠢得別人比不上。形容極其愚笨。
笨鳥先飛：笨拙的鳥先飛起來。比喻才力不如人的人，凡
　　　　　事比人趕先一步。
孤陋寡聞：學識淺陋，見聞不廣。

穩重

穩練　穩當　端莊　沉穩　持重
沉着　慎重　莊嚴　嚴肅　穩健
安詳　莊重　從容　安寧　矜重
鄭重　安穩　老成持重　四平八穩
不慌不忙　腳踏實地　穩如泰山
少年老成

品性

老成持重：經驗豐富，辦事老練穩重，不輕舉妄動。
四平八穩：説話做事穩當。
穩如泰山：像泰山一樣穩固，不可動搖。
少年老成：人年輕穩重，像閱歷深的長者。

冒失

卤莽　魯莽　莽撞　馬虎　疏忽
冒昧　輕率　大意　粗莽　草率
冒冒失失　毛手毛腳　粗手粗腳
莽莽撞撞　魯莽滅裂　不知進退
不知輕重

品性

冒冒失失：魯莽；輕率地行事。
毛手毛腳：舉動輕率；做事粗心，不細緻。
莽莽撞撞：言語、行動粗率而不謹慎。
魯莽滅裂：行動粗魯莽撞，做事草率，不負責任。

勇敢

英勇　勇猛　無畏　驍勇　強悍
剽悍　果敢　無畏　大膽　斗膽
膽大　渾身是膽　勇往直前
衝鋒陷陣　以一當十　視死如歸
驍勇善戰　挺身而出　臨危不懼
奮不顧身　自告奮勇　無所畏懼

品性

勇往直前：勇敢地一直向前進。
視死如歸：把死看得像回家一樣平常。形容不怕犧牲生
　　　　　命。
挺身而出：挺直身體站出來。形容面對艱難或危險的事
　　　　　情，勇敢地站出來。
奮不顧身：奮勇向前，不考慮個人安危。

懦弱

怯懦 窩囊 脆弱 軟弱 孱弱
怯弱 柔弱 薄弱 衰弱
膽小如鼠 望而生畏 貪生怕死
忍氣吞聲 逆來順受 委曲求全

品
性

望而生畏：看見了就害怕。
忍氣吞聲：受了氣勉強忍耐，有話不敢說出來。
逆來順受：對惡劣的環境或無禮的待遇採取順從和忍受的
　　　　　態度。
委曲求全：勉強遷就，以求保全。也指為了顧全大局而讓
　　　　　步。

堅強

強硬　堅忍　果斷　倔強　剛強
堅毅　固執　頑強　堅貞　堅定
剛毅　頑固　剛正　堅決
堅定不移　堅忍不拔　堅強不屈
始終不渝　堅如磐石　百折不撓
寧死不屈

品
性

堅忍不拔：形容在艱苦困難的情況下意志堅定，毫不動搖。
始終不渝：自始自終一直不變。
堅如磐石：像大石頭一樣堅固。比喻不可動搖。
百折不撓：無論受到多少挫折都不退縮。

慷慨

大方　大度　捨得　豪爽　仗義
佈施　慈善　施捨　捐獻　樂施
慷慨解囊　樂善好施　濟弱扶危
救苦救難　助人為樂　功德無量
小恩小惠　共襄善舉

慷慨解囊：解開錢袋拿出錢來。形容毫不吝嗇、極其大方
　　　　　地在經濟上幫助別人。
樂善好施：喜歡做善事和施捨。
助人為樂：幫助人就是快樂。
共襄善舉：希望對方與自己一起完成為善的舉動。

品
性

吝嗇

小器　吝惜　鄙吝　慳吝　小氣

孤寒　摳門兒　小氣鬼　吝嗇鬼

斤斤計較　錙銖必較　巴前算後

掂斤播兩

孤寒：形容人吝嗇，捨不得花錢。
摳門兒：小氣，不大方。
錙銖必較：對很少的錢或很小的事，都十分計較。
巴前算後：思前想後，反覆考慮。
掂斤播兩：托在掌上試輕重。比喻在小事情上過分計較。

幽默

談諧　風趣　滑稽　諧謔　搞笑
玩笑　說笑　笑話　笑談　開玩笑
講笑話　逗趣兒　談笑風生
妙語連珠　妙趣橫生　幽默風趣

品性

談諧：談話富於風趣。
諧謔：談諧逗趣。
談笑風生：有說有笑，興致高。形容談話談得高興而有風
　　　　　趣。
妙語連珠：巧妙風趣的話一個接一個。
妙趣橫生：洋溢着美妙的意趣。

熱情

熱心　熱情　熱情如火　熱血
熱忱　熱烈　熱望　熱切　殷切
賓至如歸　體貼入微　問寒問暖
無微不至　關懷備至　噓寒問暖
熱情洋溢　滿腔熱忱　古道熱腸

品
性

賓至如歸：客人到這裏就像回到自己家裏一樣。形容招待
　　　　　客人親切周到。

無微不至：沒有一處細微的地方不照顧到。形容關懷、照
　　　　　顧得非常周到。

噓寒問暖：問冷問熱。問及溫飽。形容對人的生活十分關
　　　　　切。

古道熱腸：待人真誠、熱情，解人之困、急人之難。

冷漠

淡漠　漠視　冷淡　冷酷　疏遠
冷落　忽視　不近人情　無情無義
冷若冰霜　冷酷無情　漠然置之
木人石心

品
性

不近人情：不合乎人的常情。指性情或言行不合情理。
冷若冰霜：冷得像冰霜一樣。比喻待人接物毫無感情，像
　　　　　冰霜一樣冷。
漠然置之：對人或事態度冷淡，放在一邊不理。
木人石心：形容意志堅定，任何誘惑都不動心。

正直

樸直　耿直　剛正　剛直　梗直
耿介　正派　正經　規矩　正大
端正　廉潔　愚直　清廉　樸重
方正　公平合理　大公無私
公正不阿　嫉惡如仇　清正廉潔
大義凜然　鐵面無私

品性

大公無私：辦事公正，沒有私心。
公正不阿：公平正直而不曲意迎合。
嫉惡如仇：對壞人壞事如同對仇敵一樣憎恨。
大義凜然：胸懷正義而神態莊嚴，令人敬畏。
鐵面無私：形容公正嚴明，不怕權勢，不講情面。

圓滑

狡黠　滑頭　世故　狡詐　圓通
調皮　油滑　奸滑　狡猾
油頭滑腦　八面玲瓏　老奸巨猾
藏奸耍滑　狡兔三窟

品性

油頭滑腦：形容人又輕浮，又狡猾。
八面玲瓏：原指窗戶很多，四面八方通明透亮。現形容為
　　　　　人處世圓滑，面面俱到。
老奸巨猾：閱歷很深，老於世故。
藏奸耍滑：骨子裏狡猾，心中不懷好意。
狡兔三窟：狡猾的兔子有三個洞穴。比喻計劃周密。

諂媚

奉承　討好　諂媚　逢迎　趨附

巴結　諂諛　獻媚　諛媚　趨承

趨奉　阿諛　奴顏卑膝　卑躬屈膝

阿諛奉承　諂上欺下　點頭哈腰

趨炎附勢　認賊作父　攀龍附鳳

助紂為虐

品性

卑躬屈膝：低頭彎腰下跪。形容沒有骨氣，低聲下氣地討
　　　　　好奉承。
阿諛奉承：說恭維別人的話，討好別人。
趨炎附勢：奉承和依附有權有勢的人。
攀龍附鳳：巴結投靠有權勢的人以獲取富貴。
助紂為虐：紂是商朝的最後一個王，據傳是暴君。比喻幫
　　　　　助壞人幹壞事。

殘暴

兇狠　猙獰　殘酷　狠毒　殘忍

橫暴　陰毒　慘酷　暴虐　兇暴

嚴酷　悍戾　蠻橫　兇殘　兇悍

獰惡　狂暴　心狠手辣　殺氣騰騰

張牙舞爪　滅絕人性　喪盡天良

慘無人道　慘絕人寰　荼毒生靈

魚肉百姓

品性

心狠手辣：心腸兇狠，手段毒辣。

慘絕人寰：世界上再沒有比這更慘痛的事。形容慘痛到了
　　　　　極點。

荼毒生靈：殘害人民，傷害百姓。

魚肉百姓：以百姓為魚肉。比喻用暴力欺凌，任意殘害無
　　　　　辜的人。

寬容

包容　包涵　寬恕　寬饒　寬厚
寬宥　原宥　優容　寬宏　原諒
既往不咎　寬大為懷　心胸寬廣
寬宏大量　寬以待人　姑息養奸

品性

既往不咎：對以往的過錯不再責備。
寬宏大量：形容心胸開闊，度量大。
寬以待人：以寬宏大度的態度來對待別人。
姑息養奸：無原則地寬容，只會助長壞人作惡。

眼

目 眸 雙目 雙眸 眸子 明眸
眼珠 瞳仁 鳳眼 杏眼 慧眼
眨眼 丹鳳眼 圓溜溜 水汪汪
烏溜溜 濃眉大眼 眉清目秀
明眸善睞 脈脈含情 睡眼惺忪
老眼昏花 賊眉鼠眼

慧眼：佛教用語，指智慧之眼。今泛指銳敏的眼力。
明眸善睞：形容女子的眼睛明亮而靈活。
脈脈含情：飽含溫情，默默地用眼神表達自己的感情。
睡眼惺忪：形容人剛剛睡醒，還沒有完全清醒。
賊眉鼠眼：形容神情鬼鬼祟祟。

看

見 視 觀 覽 睹 顧 窺 望
眺 看見 看清 看穿 看破
看透 查看 察看 觀看 偷看
看人眼色 白眼看人 看人臉色
一目十行 目不轉睛 過目不忘

動作

白眼看人：眼珠向上翻出或向旁邊轉出眼白部分，表示看
　　　　　不起人或不滿意。
一目十行：看書時同時可以看十行。形容看書非常快。
目不轉睛：眼珠子一動不動地盯着看。
過目不忘：看過就不忘記。

見

見面　望見　窺見　見怪不怪
見異思遷　見錢眼開
先見之明　遠見卓識

動
作

見異思遷：看見另一個事物就想改變原來的主意。
先見之明：事先看清問題的能力。
遠見卓識：有遠大的眼光和高明的見解。

視

正視　注視　凝視　審視　環視
俯視　仰視　窺視　視察　視線
視野　視而不見　怒目而視
虎視眈眈　視死如歸

動作

視而不見：睜着眼卻沒看見。也指不理睬，看見了當作沒
　　　　　看見。
怒目而視：睜圓了眼睛瞪視着。
虎視眈眈：像老虎那樣兇狠地盯着。

觀

觀看　觀測　觀察　參觀
觀光　觀賞　圍觀　察言觀色
坐井觀天

動作

察言觀色：觀察別人的說話或臉色，揣摩別人的心意。
坐井觀天：坐在井底看天。比喻眼界小，見識少。

望

望見　瞻望　遠望　瞭望　仰望
遙望　展望　觀望　探望　張望
東張西望　一望無際　望而卻步
望而生畏　望風而逃

動作

東張西望：向四處張望或心神不安地到處看。
一望無際：一眼望不到邊，形容十分遼闊。
望而卻步：遠遠望見了就嚇得直往後退，不敢前行。
望風而逃：在很遠處看到對方的氣勢很盛，就嚇得逃跑了。

覽

泛覽　瀏覽　飽覽　博覽
觀覽　綜覽　展覽　遊覽
俯覽　一覽無餘

瀏覽：粗略地看一遍。
博覽：廣泛地閱覽。
一覽無餘：一眼看去，所有的景物全看見了。

睹

目睹　有目共睹　耳聞目睹

熟視無睹　慘不忍睹

睹物思人

動作

熟視無睹：雖然經常看見，還跟沒看見一樣，漠不關心。

慘不忍睹：淒慘得叫人不忍心看。

睹物思人：看見死去或離別的人留下的東西就想起了這個人。

顧

四顧　環顧　回顧　看顧
義無反顧　後顧之憂　瞻前顧後
顧名思義　三顧茅廬　顧影自憐
左顧右盼

義無反顧：從道義上只有勇往直前，不能猶豫回顧。
瞻前顧後：看看前面，又看看後面。原形容做事謹慎，考
　　　　　慮周密。現也形容顧慮太多，猶豫不決。
顧影自憐：回頭看看自己的影子，憐惜起自己來。
左顧右盼：向左右兩邊看。

眺

眺望　遠眺　遠望　遙望
瞭望　極目四望　登高望遠
高瞻遠矚

動
作

眺望：從高處向遠處看。
遠眺：向遠處看。
極目四望：盡力往四處看。

窺

窺見　窺視　窺探　偷窺
偷看　偷眼

動作

窺見：看出來，覺察到。
窺視：暗中察看。
窺探：暗中觀察。
偷窺：偷偷地看。

嘴

口　唇　舌　齒　紅唇　朱唇
唇紅齒白　唇齒相依　櫻桃小嘴
血盆大口　明眸皓齒　尖嘴猴腮

動作

唇紅齒白：嘴唇紅，牙齒白。形容人容貌俊美。
唇齒相依：像嘴唇和牙齒那樣互相依靠。比喻關係密切，
　　　　　相互依靠。
明眸皓齒：明亮的眼睛，潔白的牙齒。形容女子容貌美麗。
尖嘴猴腮：尖嘴巴，瘦面頰。形容人相貌醜陋粗俗。

説

開口　發言　演說　解說　朗誦　聊天
談天　磋商　商量　討論　會談　談論
叮嚀　吩咐　呼喚　呼籲　叫喊　叫喚
叫囂　詢問　解答　解釋　鼓勵　提醒
通知　強調　敦促　盤問　談笑風生
　談笑自若　談天說地　娓娓動聽
高談闊論　伶牙俐齒　滔滔不絕
口若懸河　能言善辯　侃侃而談
振振有詞　自圓其說　巧舌如簧
喋喋不休　閃爍其詞　吞吞吐吐

動作

娓娓動聽：善於講話，使人喜歡聽。
口若懸河：講起話來滔滔不絕，像瀑布不停地奔流傾瀉。
侃侃而談：理直氣壯、從容不迫地說話。
巧舌如簧：舌頭靈巧，像簧片一樣能發出動聽的樂音。形
　　　　　容花言巧語，能說會道。
閃爍其詞：言語遮遮掩掩，吞吞吐吐，不肯透露真相或有
　　　　　意迴避要害問題。

罵

責罵　謾罵　唾罵　咒罵　詛咒
責備　斥責　呵斥　痛斥　埋怨
抱怨　責怪　恐嚇　申斥　譴責
爭吵　吵架　爭執　粗話　髒話
下流話　出言無狀　出口傷人
惡語中傷　惡言惡語　出言不遜
污言穢語　不堪入耳　信口雌黃

動作

謾罵：肆意亂罵。
唾罵：鄙棄辱罵。
呵斥：大聲或粗暴地責罵。
出言不遜：說話不客氣；沒有禮貌。
信口雌黃：古人用黃紙寫字，寫錯了，用雌黃塗抹後改
　　　　　寫。比喻不顧事實，隨口亂說。

唱

唱歌 歌唱 歌頌 頌歌 高歌

低吟 吟唱 高唱 合唱 獨唱

哼唱 唱戲 歌劇 哼曲兒

引吭高歌 能歌善舞 歌舞升平

載歌載舞 吹拉彈唱 餘音繞樑

清歌妙舞 繞樑三日 餘音裊裊

聲情並茂 淺斟低唱

動作

引吭高歌：放開嗓子大聲歌唱。

吹拉彈唱：指吹奏、拉弦和彈撥樂器以及歌唱等技藝。

繞樑三日：形容音樂高昂激蕩，雖過了很長時間，好像仍
在迴響。

淺斟低唱：慢慢地喝酒，低低地歌唱。

吃

吃喝　吮吸　吞吐　吞嚥　吞食
啃咬　咀嚼　品評　品嚐　嘗試
服食　服用　飲用　享用
大吃大喝　狼吞虎嚥　細嚼慢嚥
飢不擇食　津津有味　有滋有味
大快朵頤　茹毛飲血　暴飲暴食

動作

狼吞虎嚥：像狼虎一樣吞嚥東西。形容吃東西又猛又急的
　　　　　樣子。
津津有味：指吃得很有味道或談得很有興趣。
大快朵頤：大吃大嚼，痛痛快快地大吃一頓。
茹毛飲血：連毛帶血地生吃禽獸的生活。

鼻子聞

嗅　聞　香味　氣息　芳香　芬芳
清香　幽香　臭味　異味　怪味
腥氣　腥臊　腥臭　膻腥　魚腥
強烈　濃烈　刺鼻　鳥語花香
芳香撲鼻　芬芳馥郁　沁人心脾
清香四溢　聞香下馬　臭氣燻天
臭不可聞

動作

芬芳馥郁：形容香氣非常濃。
沁人心脾：芳香涼爽的空氣或飲料使人感到舒適。
聞香下馬：聞到酒的香味，儘管正騎馬趕路，也要下馬品
　　　　　嚐。

耳朵聽

聽見　聆聽　傾聽　聽説　耳聞
諦聽　竊聽　靜聽　恭聽　聽聞
收聽　偷聽　聽覺　幻聽　弱聽
失聰　聲音　聲響　響動　雜音
噪音　高音　低音　無聲　靜音
洗耳恭聽　側耳傾聽　道聽途説
耳聽八方　駭人聽聞　娓娓動聽

動作

洗耳恭聽：洗乾淨耳朵恭恭敬敬聽別人講話。指專心地聽。

道聽途説：路上聽來的、路上傳播的話。泛指沒有根據的傳聞。

耳聽八方：耳朵同時察听各方面來的聲音。比喻人机智灵活。

駭人聽聞：使人聽了非常吃驚、害怕。

手的動作

拿 提 揮 握 攢 伸 搓 洗
捏 彈 指 掐 捶 抬 拽 拉 擺
按 扒 摳 拖 扶 扯 抓 扳
撐 摸 拎 寫 畫 塗 手舞足蹈
指手畫腳 手不釋卷 下筆如飛
一氣呵成 妙筆生花 拉拉扯扯
胡寫亂畫 信手拈來

動作

手舞足蹈：兩手舞動，兩隻腳也跳了起來。形容高興到了
　　　　　極點。
指手畫腳：指說話時做出各種動作。形容說話時放肆或得
　　　　　意忘形。
妙筆生花：比喻傑出的寫作才能。
信手拈來：隨手拿來。多指寫文章時能自由純熟地選用詞
　　　　　語或應用典故，用不着怎麼思考。

腿腳的動作

走 奔 跑 跳 踩 踢 跨 蹲
站立 奔走 奔跑 奔騰 跋涉
躑躅 蹣跚 踉蹌 趔趄 跳躍
跳動 蹦躂 雀躍 挺立 佇立
散步 健步如飛 蹦蹦跳跳
東奔西跑 步履蹣跚 飛簷走壁
大步流星 踉踉蹌蹌

動作

跋涉：指路途遙遠的翻山渡水。
躑躅：慢慢地走，徘徊不前。
蹣跚：腿腳不靈便，走起路來搖搖擺擺。
踉蹌：走路不穩，跌跌撞撞。
趔趄：身子歪斜，行路不穩的樣子。

讚揚

稱道　讚賞　稱讚　嘉獎　讚譽
讚美　讚頌　讚許　稱頌　謳歌
表揚　頌讚　稱譽　傳頌　讚歎
褒獎　歌頌　頌揚　誇獎
連聲稱讚　讚不絕口　溢美之辭
交口稱讚　流芳百世

謳歌：歌頌；用歌唱、言辭等讚美。
褒獎：表揚和獎勵。
讚不絕口：不住口地稱讚。
流芳百世：美名永遠流傳後世。

行為

批評

責備　批判　指摘　指斥　攻訐
反駁　褒貶　指責　唾罵　駁斥
批駁　挑剔　非議　眾矢之的
千夫所指　橫加指責　指桑罵槐
口誅筆伐

行為

攻訐：舉發他人過失而加以抨擊。
非議：批評，責難。
眾矢之的：眾箭所射的靶子。比喻大家攻擊的對象。
千夫所指：為眾人所指責。形容觸犯眾怒。
口誅筆伐：從口頭和書面上對壞人壞事進行揭露。

幫助

扶助　捐助　資助　贊助　扶持
支援　支持　救援　救助　救濟
接濟　成人之美　助人為樂
雪中送炭　有求必應　無能為力
愛莫能助

成人之美：成全別人的好事。也指幫助別人實現其美好的
　　　　　願望。
雪中送炭：在下雪天給人送炭取暖。比喻在別人急需時給
　　　　　以物質上或精神上的幫助。
愛莫能助：心裏願意幫助，但限於力量或條件的限制卻沒
　　　　　有辦法做到。

行為

嘲笑

譏諷　恥笑　揶揄　挖苦　取笑
嘲諷　奚落　戲弄　諷刺　嘲弄
調侃　冷笑　譏刺　譏嘲　譏笑
嗤笑　冷嘲熱諷　冷言冷語
尖酸刻薄　反唇相譏　自我解嘲

行為

揶揄：耍笑、嘲弄。
奚落：用尖酸刻薄的話揭人短處，使人難堪。
冷嘲熱諷：用尖酸刻薄的語言進行譏笑及諷刺。
反唇相譏：受到指責不服氣，反過來譏諷對方。
自我解嘲：用言語或行動不失幽默地為自己掩蓋或辯解被
　　　　　人嘲笑的事。

鼓勵

鼓吹　慫恿　煽惑　鼓舞　驅策
勉勵　推動　驅使　唆使　促進
策動　激勵　鼓動　鞭策　激發
慰勉　煽動　推波助瀾　煽風點火

慫恿：從旁勸說鼓動。
煽惑：煽動誘惑。
唆使：慫恿或挑動別人去幹壞事。
鞭策：用鞭子趕馬。比喻促使、督促。
推波助瀾：使水掀起波浪。比喻從旁鼓動，助長其聲勢，
　　　　　使事態擴大。
煽風點火：比喻煽動別人鬧事。

行為

模仿

借鑒 抄襲 效仿 因襲 仿製
效法 仿效 仿照 師法 模擬
惟妙惟肖 東施效顰 鸚鵡學舌
畫虎類犬 生搬硬套 邯鄲學步
上行下效 隨聲附和 步人後塵
亦步亦趨 人云亦云 拾人唾餘

行為

東施效顰：美女西施因病皺眉，顯得更美。鄰里醜女（後
　　　　　稱東施）模仿，也皺起眉頭，結果使她顯得更
　　　　　醜。比喻不顧具體條件，胡亂摹仿別人，結果
　　　　　適得其反，顯得可笑。
畫虎類犬：畫老虎不成，卻像狗。比喻模仿不到家，反而
　　　　　不倫不類。
生搬硬套：不顧實際情況，照抄別人的辦法。
邯鄲學步：相傳戰國時趙國人走路姿勢特別優美，燕國幾
　　　　　個年輕人結伴到邯鄲去學習趙國人的走路姿
　　　　　勢。結果不但沒有學到趙國人的走路姿勢，
　　　　　反而連自己原來的走法也忘記了，只好爬着回
　　　　　去。比喻模仿別人不成，反而把自己原有的技
　　　　　能丟掉了。
亦步亦趨：你慢走我也慢走，你快走我也快走，你跑我也
　　　　　跑。比喻由於缺乏主張，或為了討好，事事模
　　　　　仿或追隨別人。

支持

贊同　肯定　支持　同意　首肯

認可　贊成　採納　許可　准許

同心協力　眾志成城　一臂之力

力所能及　鼎力相助　八方支援

雙手贊成

首肯：點頭表示同意。

眾志成城：萬眾一心，像堅固的城牆一樣不可摧毀。比喻
團結一致，力量無比強大。

鼎力相助：大力相助。

八方支援：形容各方面都支持、援助。

行為

反對

否決　抗議　異議　抵制　阻難

阻止　阻擋　阻撓　阻攔　反駁

駁倒　批駁　駁斥　辯駁　阻礙

不敢苟同　不以為然　唱對台戲

百般阻撓　各執一詞

行為

異議：不同的意見。
阻撓：阻攔，使不能進行。
不敢苟同：不敢隨便地同意。指對人對事抱慎重態度。
不以為然：不認為是對的。表示不同意或否定。
各執一詞：各人堅持各人的說法。形容意見不一致。

議論

談論 討論 辯論 研究 輿論
斟酌 評論 輿情 爭論 言論
商酌 商議 商量 暢所欲言
知無不言 言無不盡 言不盡意
言者無罪 脣槍舌劍 強詞奪理
理屈詞窮 眾說紛紜 沸沸揚揚
街談巷議 議論紛紛 人言可畏

輿情：群眾的看法、意見。
暢所欲言：把心裏要講的話痛快地全部講出來。
脣槍舌劍：以脣作槍，以舌為劍。形容言辭犀利辯論針鋒
　　　　　相對。
理屈詞窮：由於理虧而無話可說。
眾說紛紜：人多嘴雜，各有各的說法，議論紛紛。
沸沸揚揚：像沸騰的水一樣喧鬧。形容人聲喧擾，議論紛
　　　　　紛。

行為

決定

裁奪　決斷　決策　抉擇　確定
決意　肯定　定奪　決心　決計
斷定　決議　自作主張　當機立斷
板上釘釘　力排眾議　決斷如流
莫衷一是　懸而未決　不置可否
集思廣益

行為

當機立斷：在緊要時刻立即作出決斷。
決斷如流：決策、斷事猶如流水。形容決策迅速、順暢。
莫衷一是：不能決定哪個是對的。形容意見分歧，沒有一
　　　　　致的看法。
不置可否：不説行，也不説不行。指不表明態度。
集思廣益：集中群眾的智慧，廣泛吸收有益的意見。

解釋

闡釋　註釋　詮釋　聲明　疏解
證明　說明　註明　表明　註解
講明　闡明　解說　據理力爭
百口莫辯　微言大義　以理服人
言之有理　合情合理

闡釋：闡明陳述並解釋。
詮釋：說明；解釋。
聲明：公開表態或說明。
百口莫辯：即使有一百張嘴也辯解不清。形容事情無法說
　　　　　清楚。
微言大義：本指經書的要義，後指包含在精微語言裏的深
　　　　　刻的道理。

行為

沉默

寡言 靜默 默默 肅靜 寂然
緘默 沉寂 默然 寂靜 無言
緘口 一言不發 不哼不哈
不言不語 沉默不語 緘口無言
啞口無言

寡言：沉默，很少說話。
緘默：沉默寡言。
緘口無言：閉着嘴，不說話。
啞口無言：像啞巴一樣說不出話來。形容理屈詞窮的樣子。

等候

等待　期待　守候　恭候　期盼
盼望　靜候　苦等　巴望　期許
望眼欲穿　翹首企盼　守株待兔
嚴陣以待　拭目以待　伺機而動
坐以待斃

望眼欲穿：眼睛都要望穿了。形容盼望殷切。
翹首企盼：仰起頭，踮起腳。形容盼望非常殷切。
守株待兔：戰國時宋國有一個農民，看見一隻兔子撞在樹
　　　　　椿上死了，便放下鋤頭在樹椿旁等待，希望再
　　　　　得到撞死的兔子。比喻抱着僥倖心理妄想不勞
　　　　　而獲。
坐以待斃：坐着等死。形容在極端困難中，不積極想辦法
　　　　　找出路。

尋找

找尋　探求　探索　摸索　物色

尋求　搜索　尋覓　追求　探尋

尋尋覓覓　大海撈針　翻箱倒櫃

東翻西找　左顧右盼

行
為

物色：按一定標準去訪求。
大海撈針：在大海裏撈一根針。比喻極難找到。

理解

領會　領悟　體會　明確　認識
明瞭　瞭解　闡明　理會　知道
意會　會意　懂得　貫通　默契
明白　分解　領略　解析　融會
誤會　誤解　恍然大悟　心領神會
觸類旁通　融會貫通　醍醐灌頂
百思不解　對牛彈琴

恍然大悟：一下子明白過來。
觸類旁通：掌握瞭解某一事物的變化、趨勢及規律，從而
　　　　　類推瞭解同類的其他事物的變化、趨勢及規律。
醍醐灌頂：佛教指灌輸智慧，使人徹底覺悟。比喻聽了高
　　　　　明的意見使人受到很大啟發。
對牛彈琴：比喻對不懂事理的人講道理或言事。

行
為

承認

公認　供認　確認　交待　肯定
默認　認定　認可　認同　招認
認錯　認輸　認罪　追認
敢做敢當　心服口服　千真萬確
確有其事　不容置疑　供認不諱
坦白從寬

行
為

敢做敢當：敢於放手做事，也敢於承擔責任。
心服口服：心裏嘴上都信服。指真心信服。
不容置疑：不允許有甚麼懷疑。
供認不諱：坦白地承認自己所犯的罪行。

否認

否定 推翻 抵賴 狡辯 賴賬
要賴 否決 抵制 抵觸 矢口否認
拒不承認 一口否定 一口回絕

否定：拒絕承認。
抵賴：拒絕承認或認可。
矢口否認：一口咬定，死不承認。

行為

約請

邀請　邀約　約請　約見　相約
相會　聚會　赴約　失約　爽約
三顧茅廬　盛情難卻　欣然接受
不請自來　不速之客

邀約：約請。
爽約：沒有履行約，失約。
三顧茅廬：原為漢末劉備訪聘諸葛亮的故事。比喻真心誠
　　　　　意，一再邀請。
盛情難卻：濃厚的情意難以推辭。
不速之客：指沒有邀請突然而來的客人。

拒絕

謝絕　駁回　辭謝　回絕　推辭
推卻　推託　推委　推卸　婉拒
婉辭　斷然拒絕　拒之門外
敬謝不敏　一口回絕

謝絕：婉辭，推辭。
婉拒：委婉地拒絕。
斷然拒絕：不用經過思考，馬上就回絕。
敬謝不敏：恭敬地表示能力不夠或不能接受。

行為

承諾

允諾　許諾　應諾　應承　説定
講定　作數　算數　證明　保證
確保　證實　同意　一諾千金
一言九鼎　一言為定　慨然允諾
言而有信　季布一諾　駟馬難追

一諾千金：許下的一個諾言有千金的價值。比喻説話算
　　　　　數，極有信用。
一言九鼎：一句話的分量就有九鼎那麼重。形容能起決定
　　　　　作用的言論或意見。
季布一諾：季布，人名，很講信用，從不食言。季布的承
　　　　　諾。比喻極有信用，不食言。
駟馬難追：一句話説出了口，就是套上四匹馬拉的車也難
　　　　　追上。指話説出口，就不能再收回，一定要算
　　　　　數。

行
為

欺騙

哄騙　蒙騙　詐騙　誘騙　拐騙
欺詐　欺瞞　迷惑　誆騙　糊弄
自欺欺人　爾虞我詐　蒙在鼓裏
坑蒙拐騙　暗室欺心　言而無信
信口開河

爾虞我詐：彼此互相欺騙。
暗室欺心：在黑暗的屋子裏昧着良心做壞事。指偷偷地做
　　　　　壞事。
言而無信：說話不算數，沒有信用。
信口開河：說話沒有根據，隨口亂說一氣。

行為

家庭

家教 家族 家規 家譜 家務
家政 家境 家道 家用 家計
家產 家財 家珍 家傳
殷實人家 小康之家 清白人家
官宦人家 莊戶人家 書香人家
成家立業 人丁興旺 一家之主
當家作主 養家糊口 白手起家
勤儉持家 發家致富 傾家蕩產
家破人亡 家道中落

小康之家：可以維持中等生活的家庭。
成家立業：建立了家庭，創立了事業。指能獨立生活或建
　　　　　立某種事業。
白手起家：空手創建家業。
傾家蕩產：全部家產都被弄光了。
家道中落：家業衰敗，境況沒有從前富裕。

生活

親情

家父／家母 家翁 家尊

家嚴／家慈 家兄／家姐

家長 主婦 當家的 女主人

男家／女家 婆家／娘家

親家 親戚 天倫之樂 兒女成行

嚴父慈母 敬老慈幼 舐犢情深

賢妻良母 望子成龍 掌上明珠

嬌生慣養 父慈子孝 寸草春暉

慈烏反哺 彩衣娛親 承歡膝下

養老送終 烏鳥私情

天倫之樂：泛指家庭的樂趣。

舐犢情深：老牛舐小牛的毛以示對牠的深切疼愛。比喻人
之愛子。

寸草春暉：小草微薄的心意報答不了春日陽光的深情。比
喻父母的恩情深重，難以報答。

慈烏反哺：烏雛長大，銜食哺其母。比喻子女報答父母的
養育之恩。

彩衣娛親：傳說春秋時有個老萊子，很孝順，七十歲了有
時還穿着彩色衣服，扮成幼兒，引父母發笑。
後作為孝順父母的典故。

生活

居住

人家　住宅　門戶　家室　家居　門第
名門　寒門　豪門　斗室　蝸居　陋室
定居　安居　寓居　居留　群居　聚居
散居　雜居　寄居　客居　喬居　旅居
隱居　小住　棲身　容身　安家落戶
落地生根　喬遷之喜　深宅大院
茅屋草舍　桑樞甕牖　巢居穴處
居無定所　侯門似海　深居簡出
足不出戶　左鄰右舍　千萬買鄰
居必擇鄰　孟母三遷

門第：指家庭或家族的社會地位。
桑樞甕牖：用桑樹做門軸，用瓦罐做窗戶。比喻貧苦之家。
侯門似海：王公貴族的門庭像大海那樣深邃，門禁森嚴，
　　　　　一般人不能輕易進入。
深居簡出：常呆在家裏，很少出門。
孟母三遷：孟子的母親為選擇良好的環境教育孩子，三次
　　　　　遷居。後比喻人應該要接近好的人、事、物，
　　　　　才能學習到好的習慣。

生活

學校

校舍 校園 運動場 課室 課堂
講堂 講台 老師／師長 同學
學長 學兄 師兄／師姐
師弟／師妹 師道尊嚴 為人師表
良師益友 萬世師表 教無常師
有教無類 言傳身教 因材施教
春風化雨 教學相長 桃李盈門
得意門生 高足弟子 門生故吏
莘莘學子 尊師重道

師道尊嚴：本指老師受到尊敬，他所傳授的道理、知識、
　　　　　技能才能得到尊重。後多指為師之道尊貴、莊
　　　　　嚴。
有教無類：不管甚麼人都可以受到教育。
因材施教：指對學習的人的志趣、能力等具體情況進行不
　　　　　同的教育。
門生故吏：指學生和老部下。
莘莘學子：指眾多的學生。

生活

交友

諍友　摯友　高朋　故人　故舊

故交　故知　良友　密友　親友

校友　難友　世交　知己　相知

知交　知音　朋儕　夥伴　同伴

友人　好友　同夥　莫逆之交

生死之交　八拜之交　忘年之交

貧賤之交　刎頸之交　患難之交

義結金蘭　君子之交　同窗好友

以文會友　狐朋狗友

諍友：能夠直言規勸的朋友。

朋儕：朋輩。

莫逆之交：沒有抵觸，感情融洽，非常要好的朋友。

八拜之交：八拜，原指古代世交子弟謁見長輩的禮節。舊
　　　　　時朋友結為兄弟的關係。

刎頸之交：比喻可以同生死、共患難的朋友。

義結金蘭：結交很投合的朋友。

飲食

粥　粉　麵　飯　米飯　主食　餸菜

湯水　甜品　甜點　小吃　零食　糕點

水　茶　酒　果汁　味道　美味　口味

滋味　餘味　回味　風味　鮮味　腥味

苦味　寡味　異味　鮮美　五味

調味　入味　海味　野味　臘味　鮮

甜　酸　苦　麻　辣　鹹　香甜　可口

鮮美　一日三餐　山珍海味

珍饈美味　美酒佳餚　家常便飯

粗茶淡飯　殘羹冷炙　殘湯剩飯

清湯寡水　津津有味　有滋有味

大快朵頤　淡而無味　半生不熟

珍饈美味：珍貴而味道好的飲食。

粗茶淡飯：沒有多少下飯的菜，指粗糙簡單的飯食。

殘羹冷炙：吃剩的湯菜。也比喻別人施捨的東西。

大快朵頤：形容大飽口福，痛快淋漓地大吃一通。

旅行

出遊　漫遊　周遊　環遊　暢遊
遨遊　遊玩　遊逛　遊樂　遊賞
遊覽　遊歷　飽覽　瀏覽　縱覽
覽勝　觀光　觀覽　觀看　觀賞
路程　路途　旅程　旅途　遠程
遊山玩水　流連忘返　舊地重遊
遊人如織　寄情山水　仁山智水
風光如畫　風餐露宿

流連忘返：沉迷於遊樂而忘歸。後常形容對美好景致或事
　　　　　物的留戀。
遊人如織：形容遊人多得像織布的線一樣，密密麻麻。
仁山智水：智者喜愛水，仁者喜愛山。
風餐露宿：在大風裏吃飯，露天睡覺。形容旅途或野外工
　　　　　作的辛苦。

生活

運動

活動　健身　健美　體育　奧運會
跑步　散步　游泳　登山　武術
蝸行牛步　聞雞起舞　動如脫兔
揮汗如雨　汗流浹背　健步如飛
身輕如燕　舞槍弄棒　棋逢對手

蝸行牛步：蝸牛爬行，老牛慢走。比喻行動或進展極慢。
聞雞起舞：一聽見雞叫就起牀練劍。形容有志報國之士奮
　　　　　發圖強。
動如脫兔：一行動就像逃脫的兔子那樣敏捷。
棋逢對手：比喻作戰或競技雙方力量水準相當，難分高低。

生活

遊玩

遊玩　遊戲　嬉戲　玩耍　遊樂
戲耍　嬉鬧　貪玩　玩具
遊樂場　及時行樂　吃喝玩樂
花天酒地　尋歡作樂

及時行樂：不失時機，尋歡作樂。
尋歡作樂：尋求歡快，設法取樂。形容追求享樂。

生活

購物

商品　百貨　雜貨　便宜貨　假貨
水貨　冒牌貨　現貨　存貨　期貨
　洋貨　國貨　貨真價實
物美價廉　偽劣假冒　琳琅滿目
抱布貿絲　漫天要價　公平交易
等價交換　討價還價　奇貨可居
囤積居奇　有行無市　供不應求

琳琅滿目：滿眼都是珍貴的東西。形容美好的事物很多。
抱布貿絲：帶了錢來買絲。指進行商品交易。亦借指和女
　　　　　子接近。
奇貨可居：把少有的貨物囤積起來，等待高價出售。
囤積居奇：商人囤積大量商品，等待高價賣出，牟取暴利。

交通工具

汽車　轎車　貨車　卡車　飛機
輪船　艦艇　郵輪　機車　自行車
駕駛　乘坐　乘搭　途經　順路
運送　運輸　堵車　塞車
千帆競發　日行千里　老牛破車
乘風破浪　一帆風順　水漲船高

千帆競發：許多船隻爭着出發前行。形容聲勢浩大，也寓
　　　　　意競爭激烈。
老牛破車：老牛拉破車。比喻做事慢吞吞，一點不俐落。
　　　　　也比喻才能低。
一帆風順：船掛着滿帆順風行駛。比喻非常順利，沒有任
　　　　　何阻礙。

上學去

求學　升學　留學　遊學　輟學
停學　逃學　除名　開除　苦讀
苦學　好學　勤學　考試　應考
應試　錄取　落榜　修業　結業
畢業　卒業　學歷　學位
半工半讀　勤工儉學　學無止境
挑燈夜讀　名列前茅　名列榜首
名落孫山　十年寒窗　手不釋卷
溫故知新　學而不厭　好學不倦

半工半讀：一面工作，一面上學讀書。
名落孫山：名字落在榜末孫山的後面。指考試或選拔沒有
　　　　　錄取。
十年寒窗：形容長年刻苦讀書。
學而不厭：學習總感到不滿足。形容好學。

在工作

生計 職業 營生 失業 賦閒
任職 供職 職務 職守 要職
要津 兼職 專職 職責 職權
生意 差事 行業 行當 勞作
勞動 幹事 辦事 幹活兒
三十六行 七十二行 創業維艱
草創未就 重操舊業 碌碌無為
一事無成

七十二行：泛指各行各業。
創業維艱：開創事業是艱難的。
草創未就：剛開始做，尚未完成。
碌碌無為：平平庸庸，無所作為。
一事無成：連一樣事情也沒有做成。形容毫無成就。

生活

節慶

節日　時節　節慶　年節　假日
休假　放假　大典　大慶　慶典
盛典　慶賀　喜慶　祝禱　祝福
道賀　道喜　慶賀　祝頌　祝願
恭喜　恭賀　張燈結綵　敲鑼打鼓
鑼鼓喧天　鼓樂齊鳴　普天同慶
載歌載舞　歡歌笑語　彈冠相慶
萬事亨通　吉祥如意

時節：季節；時令；時光。
慶典：盛大的慶祝典禮。
張燈結綵：掛上燈籠，繫上彩綢。形容節日或有喜慶事情
　　　　　的景象。
彈冠相慶：撣去帽子上的塵土，表示慶賀。
萬事亨通：一切事情都很順利。

生活